btb

Buch

Ein Dreiecksverhältnis, das tödlich endet: Agnes und Henny sind alte Schulfreundinnen, die sich Jahrzehnte nicht mehr gesehen haben. Auf der Beerdigung von Agnes' Mann treffen sie sich wieder. Zögerlich beginnen sie sich erneut anzunähern, schreiben sich zunächst Briefe, vertrauen sich alte Geheimnisse an. Schritt für Schritt nähern sie sich dabei einem gefährlichen Komplott, detailversessen planen sie einen heimtückischen Mord! Doch eine von beiden spielt falsch …

Autor

Håkan Nesser, geboren 1950, ist einer der interessantesten und aufregendsten Krimiautoren Schwedens. In seiner Heimat gilt er als der unbestrittene Star in seinem Genre. Für seine Kriminalromane um Kommissar Van Veeteren erhielt er zahlreiche Auszeichnungen, sie sind in mehrere Sprachen übersetzt, wurden erfolgreich verfilmt und werden demnächst auch im deutschen Fernsehen zu sehen sein.

Aus Freude am Lesen

Håkan Nesser

In Liebe, Agnes

Roman

Aus dem Schwedischen
von Gabriele Haefs

btb

Die schwedische Originalausgabe erschien 2002 unter dem Titel »Kära Agnes!« im Albert Bonniers Förlag AB, Stockholm.

Zitate aus »König Lear« und die Schreibweise der Eigennamen aus dem Stück wiedergegeben nach »König Lear« in der Übersetzung von Christoph Martin Wieland.

Verlagsgruppe Random House FSC-DEU-0100
Das für dieses Buch verwendete FSC-zertifizierte Papier *Munken Print* liefert Arctic Paper Munkedals AB, Schweden.

2. Auflage
Deutsche Erstveröffentlichung Oktober 2006

Umschlaggestaltung: Design Team München
Umschlagfoto: Corbis
Satz: IBV Satz-und Datentechnik GmbH, Berlin
Druck und Einband: Clausen & Bosse, Leck
RK · Herstellung: AW
Printed in Germany
ISBN-10: 3-442-73586-6
ISBN-13: 978-3-442-73586-0

www.btb-verlag.de

Im Großen und Ganzen verlief die Beerdigung sehr gut.

Der Vormittag war grau, unfreundlich und windstill gewesen, aber als wir dann am Grab standen, brach die Sonne durch die Wolkendecke und warf schräge Lichtbündel durch die bereits gelb werdenden Blätterkronen der Ulmen.

Erich hätte es gefallen. Herbst. Der Himmel, der sich plötzlich zu heben schien und der Luft eine gewisse Schärfe verlieh. Klar, aber nicht kalt. Die Felder, die sich in Richtung Molnar hinunterzogen, abgeerntet, aber noch nicht untergepflügt. Ein Bauer, der in der Ferne ein Feld abflämmte.

Der Geistliche hieß Sildermack, ein großer, magerer, blonder Mann, wir hatten uns vorher natürlich getroffen und alles besprochen, er ist neu im Amt und leidet unter irgendeiner Verformung des Rückgrats, weshalb er irgendwie unbeholfen geht, mit rollenden Bewegungen sozusagen. Es lässt ihn auch älter wirken. Aber sein Gesicht scheint zu leuchten, und bei der Beisetzung hat er seine Aufgabe tadellos erledigt.

Wir waren vielleicht zwei Dutzend Trauergäste. Die Kinder natürlich. Erichs Mutter mit Begleitung, ihrer Freundin und der übellaunigen Pflegerin.

Beatrice und Rudolf.

Justin.

Hendermaags, die den schlechten Geschmack hatten, ihre Kinder mitzuschleifen. Die sind erst zehn oder zwölf, ein schüchterner Knabe und ein Mädchen mit vorstehenden Zähnen und nervösem Blick, wozu soll es denn gut sein, ihnen so etwas zuzumuten? Und keins von ihnen hatte irgendeine Beziehung zu Erich, sie sind ihm sicher nicht häufiger als zwei- oder dreimal begegnet, wenn ich das richtig in Erinnerung habe.

Ebert Kenner natürlich und einige neuere Kollegen, die ich noch nie gesehen hatte. Ein Quartett, genau gesagt, zwei Frauen, zwei Männer. Dazu Oberarzt Monsen, der es sich in der Kirche nicht verkneifen konnte, ein paar Worte zu sagen, die er dann am Grab noch einmal wiederholte.

Über die Klarheit der Herbsttage und die uns zubemessene Zeit auf Erden. Über die analytische Schärfe, die Erichs hervorstechendste Eigenschaft war und Zeugnis von seiner Meisterschaft ablegte.

Worte.

Ich fühlte mich ein wenig müde. Dort draußen, in dem schwarz gekleideten Kreis aus Trauernden und weniger Trauernden und solchen, die aus ganz allgemeinen Gründen gekommen waren, überkam mich eine Woge der Erschöpfung. Vielleicht lag es an der Trauer, die mich doch noch erfasste, nicht in erster Linie der Trauer um Erich, sondern der Trauer über das Leben an sich.

Über dessen Ungerechtigkeiten und blinden Flecke. Über Verfehlungen, die wir unter den Teppich kehren und verdrängen, aber die uns doch einholen, wenn wir ihnen lange genug den Rücken zudrehen. Wenn wir nicht genug aufgepasst haben.

Ich weinte nicht. Nicht eine Träne quoll während der gesamten Feierlichkeit aus meinen Augen: Es ist mir egal, wie das auf andere wirken mochte, und es gibt heutzutage doch zahllose Medikamente, die uns abstumpfen und unsere Seele betäuben, also gehe ich davon aus, dass mein Auftreten niemanden wirklich überrascht hat. Ich habe mit keinem Menschen ein Wort gewechselt. Habe mich auf bestätigende Blicke beschränkt. Auf Händeschütteln. Leichte Umarmungen und illusorisches Nicken.

Die Jugendfreunde vom Ruderklub trugen den Sarg. Vier Männer, drei erkannte ich, wusste jedoch von keinem den Namen, sie alle wohnen in Gobsheim, und dem Pastor zufolge hatten sie sich selbst für diesen Freundesdienst angeboten.

Und dann noch Henny.

Ich wollte wirklich nicht alle Anwesenden aufzählen, aber jetzt habe ich es wohl doch getan.

Henny Delgado.

Sie trug in der Kirche etwas langärmliges Schwarzes, doch als wir dann auf den Friedhof gingen, hatte sie einen dunkelroten Poncho übergestreift. Mir fiel ein, dass sie immer schon Rot getragen hat, nicht unbedingt am ganzen Leib, aber etwas Rotes war doch immer dabei gewesen. Ein roter Blickfang. Eine karminrote Bluse oder ein Schal. Ich selbst bin blau und kalt. Schon als Gymnasiastin hielt jede von uns sich an ihre Farben: Hennys Töne waren Rot, Gelb, Ocker. Meine Blau und Türkis, kalte Farben. Nur bei Grün konnten wir einander begegnen, kamen dabei aber aus entgegengesetzten Richtungen. Später, das muss während des ersten Wintersemesters an der Universität gewesen sein, suchten wir zusammen einen Farbanalytiker auf, der unsere intuitive Wahl sofort guthieß. Er hielt Stofflappen neben unsere verdutzten Gesichter und verbreitete sich über unsere unterschiedlichen Hauttypen. Über Pigmentierungspersönlichkeiten, als handele es sich dabei fast um etwas Seelisches.

Henny sah erstaunlich jung aus. Auf irgendeine Weise frisch und geschmeidig; ich weiß eigentlich nicht, warum es mich überrascht hat, aber so war es tatsächlich. Sie war natürlich allein gekommen, Mann und Kinder hatte sie in Grothenburg gelassen, ja, ich bin keiner ihrer Töchter je begegnet, aber ihre Taufbilder liegen in der passenden Reihenfolge in irgendeinem Album.

Ich finde es gar nicht gut, dass wir nicht miteinander sprechen konnten, wo wir uns nach so vielen Jahren endlich wiedergesehen haben. Aber ich habe doch das Gefühl, dass ich von ihr hören werde. Woher diese vage Ahnung stammt, weiß ich nicht, aber ich glaube nicht, dass ich mich irre. Trotz allem haben wir einander so nahe gestanden wie zwei Menschen vom selben Geschlecht das überhaupt nur können, ohne miteinander verwandt oder lesbisch zu sein. Lange Zeit ist vergangen, aber es gibt Zeichen und kleine Fingerzeige, die uns auf einer tieferen Ebene treffen als der kognitiven und sprachlichen. Natürlich gibt es sie.

Justin bot an, über Nacht zu bleiben, aber ich lehnte dankend ab. Justin ist ein guter, verständnisvoller Mensch, ich habe ihn immer sehr geschätzt, trotz seines ein wenig unkultivierten Stils, aber ich will allein sein. Allein mit den Hunden, mit einem Feuer im offenen Kamin, den Sessel ans Fenster gezogen. Ein Glas Portwein oder zwei, die Dämmerung, die sich über den Garten senkt, die knorrigen, zu sehr beschnittenen Apfelbäume, die Buchsbaumhecke und die Felder, die sich nach Molnar hinunterziehen: einige Stunden in absoluter Stille, mit dem Fotoalbum und den Erinnerungen. Vielleicht werde ich auch eine Zigarette rauchen, obwohl ich das Rauchen eigentlich schon vor Jahren aufgegeben habe, aber es ist schließlich ein besonderer Tag, und ich habe noch zwei Packungen in der Schublade.

Ich bin auch nächste Woche noch krankgeschrieben. Die Hälfte der Stunden werde ich nachholen, die andere Hälfte ist Bruun zugefallen. Wie üblich. Es tut mir Leid, Keats und Byron seinen schlaffen, feuchten Händen überlassen zu müssen, aber mir blieb nichts anderes übrig. Schon in drei Wochen sind Prüfungen, und bis zum fünfzehnten muss alles erledigt sein.

Es ist ein gutes Gefühl, dass es jetzt endlich vorbei ist. Ich wusste ja, dass ich irgendwann allein sein würde. Erich war achtzehn Jahre älter als ich, und es waren nicht Feuer oder Leidenschaft, die ich suchte, als ich mich für ihn entschieden habe, sondern es geschah aus einer Laune heraus. Er ist siebenundfünfzig geworden, es gab wohl niemals Hinweise darauf, dass er so jung sterben würde, und Monsen hat in seiner Erinnerungsrede ja auch betont, dass nun vieles ungetan bleibt. Forscher gehören nicht zu der Sorte Mensch, die von den Jahren angefressen wird, behauptete er – nicht, was ihre tägliche Arbeit angeht. Mir war klar, dass er hierbei auch sich selbst meinte – sein siebzigster Geburtstag kann nicht mehr in weiter Ferne liegen – und dass er auch an den einen und anderen anwesenden Kollegen dachte.

Aber Erich musste seinen Abschied nehmen, wie wir das zu Hause in Saarbrücken genannt haben. Er hat das Ziel erreicht.

Ich sitze im Sessel und schaue mit einem Auge hinaus auf die Dämmerung und den Garten, mit dem anderen sehe ich ins Zimmer und auf Feuer und Bücher. Im Laufe der Jahre haben sich so viele Bände angesammelt, in den nächsten Tagen werde ich allerlei verändern, glaube ich. Ich werde die schweren medizinischen Nachschlagewerke auf den Dachboden bringen und der Belletristik einen deutlicheren Platz einräumen.

Und das ist nur eins der vielen kleinen Vorhaben, denen ich mich jetzt widmen will. Aber das alles hat Zeit bis morgen. Jetzt will ich nur hier sitzen und mich ausruhen.

Mich erinnern und in den Alben blättern. Einige Zeilen von Barin fallen mir ein:

Ich sehne mich nach dem milden Schweißgeruch
meiner Mutter – und nach dieser kurzen Hose, die ich am
ersten Schultag tragen musste.
Ich sehne mich nach Ursula Lipinskaja, und danach,
ausgeschlafen zu noch unbeschriebenen Sommertagen
zu erwachen.

Aber vor allem sehne ich mich nach dem unerreichbaren Rauch der vielen Zigaretten, die ich im Kaffeehaus niemals geraucht habe.

Jetzt zünde ich mir eine an. Ein Gefühl unterdrückter Befriedigung überkommt mich.

Als ob etwas längst Vorhergesehenes sich nun endlich einstellt.

Die Hunde schlafen vor dem Kamin und scheinen ihn ebenfalls nicht zu vermissen.

An Frau
Agnes R.
Villa Guarda
Gobsheim

Grothenburg, 26. September

Liebe Agnes,

bitte entschuldige, dass ich schon jetzt schreibe, wo du gerade erst Witwe geworden bist, ich hoffe, dass dein schwerer Verlust dich nicht allzu sehr zu Boden drückt. Ich fand es so wunderschön, dich wiederzusehen, auch wenn ich mir natürlich wünschte, die Umstände wären andere gewesen. Und ich hätte natürlich einige Worte mit dir wechseln müssen, wo ich schon einmal da war, aber aus irgendeinem Grund habe ich das nicht über mich gebracht. Ich weiß nicht, was es war, aber ab und zu werden wir ja von Kräften gesteuert, für die wir keinen Namen haben. Oder, Agnes?

Aber es war eine schöne und würdevolle Feier, ich habe deinen Mann ja nicht gekannt, deshalb kann ich natürlich nichts dazu sagen, wie weit es außerdem »becoming« war, wie es auf Englisch heißt.

Auf jeden Fall würde ich gern wieder Kontakt zu dir aufnehmen, so viele Jahre sind vergangen, und ich merke, dass man Verbindungsfäden nicht einfach leichtfertig zertrennen kann. Wir haben einander doch so nahe gestanden, liebe Agnes.

Darf ich dir also schreiben? Ein wenig über mich und meine Familie erzählen? Und hast du Lust zu antworten?

Wir können doch anfangen, uns zu schreiben, dann werden wir sehen. Ich mag e-mail nicht so sehr, solche Post kommt mir leichtgewichtig und oberflächlich vor.

Wenn du keine Lust hast, die alte Beziehung wieder aufzunehmen, kannst du natürlich nein sagen.

Aber erst einmal warte ich hoffnungsvoll auf deine Antwort.

Deine Henny

An Frau
Henny Delgado
Pelikanallee 24
Grothenburg

Gobsheim, 30. September

Liebe Henny,

Himmel, bei dir hört es sich ja an, als wären wir achtzig!

Natürlich kannst du mir schreiben, und ich antworte dann gern. Bestimmt haben wir uns allerlei zu sagen, aber da du die Initiative ergriffen hast, lasse ich dich als Erste berichten.

Also zögere nicht! Bitte schreib bald, wir müssen eine Lücke von neunzehn Jahren füllen!

Deine Agnes

Wenn man nur lieb und brav ist, wird man früher oder später dafür belohnt werden.

Es ist der zweite Tag in Grothenburg, und obwohl ich nur eine magere Elfjährige bin, weiß ich, dass sie lügt.

Oder dass sie vielleicht nicht lügt. Diese Rothaarige, die Henny heißt und die uns gestern schon zusammen mit ihrer Mutter besucht hat, noch ehe wir einen einzigen Karton ausgepackt hatten, hat nur einfach alles falsch verstanden.

Sie hat keine Ahnung, wie das Leben ist und wie alles vor sich geht.

Aber ich habe nicht widersprochen. Ich habe, so jung, wie ich bin, keine Worte für diese Dinge, und außerdem ist es ja auch nicht wichtig. Es ist Abend, wir stehen auf der Brücke über den Fluss und schauen hinab in das braune Wasser; unsere Mütter haben uns auf einen kleinen Spaziergang geschickt, damit Henny mir das Viertel und die Umgebung zeigen kann. Meine Mutter hat offenbar sofort Vertrauen zu Henny gefasst, trotz ihres angeborenen und sorgfältig gepflegten Misstrauens.

Und Henny war ja nun wirklich wohlerzogen und bezaubernd, das will ich gar nicht leugnen.

Außerdem gab es Pflaumenmarmelade als Willkommensgruß unter guten Nachbarinnen.

Viel sagendes Lachen und freimütige Blicke.

Wenn man nur lieb und brav ist, wie gesagt.

Ich weiß nicht, was ich geantwortet habe, vielleicht gar nichts. Wir gingen in Kreisen und mit vielen Umwegen durch unser Viertel. Waren beim Sportplatz. An der Straße, die zur Eisenbahn führt. Sind an den Läden im Klingerweg vorbeigekommen. Haben bei Fleischer Schmitter hereingeschaut, der ist nämlich ihr Onkel, jede von uns bekam eine blasse Wurst und einen Groschen von ihm, wir haben uns im Tabakladen bei der Zwille Kaugummi dafür gekauft. Und die Kirche und der Friedhof, da sind wir herumspaziert und haben uns die Gräber angesehen; Hennys Großeltern liegen dort, und irgendwann wird auch sie hier landen; es ist ein solides, geräumiges Familiengrab mit ausreichend Platz für mehrere Generationen.

Stumpstraße, Gassenstraße, Jacobsstieg und wie sie alle heißen. Und die Wallmanschule, auf die Henny schon seit fünf Jahren geht und wo ich im September anfangen werde. Es ist eine alte Steinburg mit einem lateinischen Zitat über dem riesigen Eichenportal. Non scholae, sed vitae discimus!, verkündet Henny, und danach sagen wir es einige Male gemeinsam, damit ich wenigstens weiß, was es heißt, ehe ich mich auf die Schulbank setze und Studienrat Pompius und Frau Mathisen und einer buckligen kleinen Werklehrerin zuhöre, die den unbeschreiblichen Namen Keckelhähnchen trägt.

Non scholae, sed vitae discimus.

Nicht für die Schule, sondern für das Leben.

Aber jetzt beugen wir uns über das Geländer der Brücke, sie heißt Karl-Egger-Brücke. Henny weiß nicht, wieso sie so benannt ist oder wer dieser Karl Egger war, aber der Fluss heißt jedenfalls Neckar, und er umfließt unser Viertel, zumindest im Osten und im Norden, und er bildet die Grenze zu Gerringstadt, einem ganz anderen Stadtteil, von dem Henny nicht mehr weiß, als dass ihr Vetter Mauritz dort gewohnt hat, aber dann ist er nach Marseille gezogen, was am Mittelmeer liegt, und zwar wegen seiner schwachen Gesundheit, aber dann ist er trotzdem gestorben, obwohl er nur achtdreiviertel Jahre alt war, also wird das Mittelmeer doch arg überschätzt, wenn man sich die Sache genauer ansieht.

Er war vielleicht nicht lieb und brav genug, überlege ich mir, aber das sage ich nicht. Ich spucke stattdessen mein Kaugummi in das strömende Wasser. Man darf kein Kaugummi ins Wasser spucken, sagt Henny. Die Fische könnten es verschlucken und daran ersticken.

Ein Fisch kann ja wohl nicht ersticken, denke ich, der braucht doch überhaupt nicht zu atmen.

Aber auch das sage ich nicht.

Meine Mutter und ich sind nach Grothenburg gezogen. Mein Vater und mein Bruder wohnen noch immer in der Slingergasse in Saarbrücken, und obwohl Claus drei Jahre älter ist als ich und wir uns gestritten haben, solange ich mich erinnern kann, habe ich an den ersten Tagen eine solche Sehnsucht nach ihm, dass es richtig wehtut.

Am 1. Juli erfuhr ich, dass meine Eltern sich scheiden lassen wollten, und genau einen Monat später sind wir dann umgezogen. Sie hatten alles bis ins Detail geplant, ehe sie die Bombe hochgehen ließen; wir saßen im Restaurant Kraus, ich weiß nicht, ob es normal oder außergewöhnlich ist, dass Eltern mit ihren Kindern ins Restaurant gehen, wenn sie ihre Trennung ankündigen wollen. Aber sie waren sehr nett zueinander und zu Claus und mir, das muss ich zugeben. Sie blieben die besten Freunde auf der Welt, aber es sei nun einmal so, wie es sei, und es sei so gekommen, wie es gekommen sei. Im Leben kann das passieren, und die Welt ist ein Jammertal, und wir bestimmen das alles nicht selbst, heißa, hussa, ich bestellte das Teuerste, was ich auf der ganzen Speisekarte finden konnte, Seezunge in Weißweinsoße, und sie haben alles widerspruchslos hingenommen.

Papa und Claus würden in Saarbrücken bleiben, erklärten sie beim Dessert, Zitronensorbet auf Wildhimbeergelee mit kandierten Haselnüssen und Puderzucker, das sei besser so, im Hinblick auf Arbeit und Schule. Mama habe in Grothenburg schon eine Stelle, bei einem Zahnarzt namens Martens. Und eine Wohnung in der Wollmarstraße. Vier Zimmer und Küche, ich würde ein eigenes Zimmer mit Kachelofen und Ausblick auf einen Park bekommen.

Dass mein Vater seit drei Jahren so ganz nebenbei eine Freundin gehabt hatte, erwähnte meine Mutter erst zwei Wochen später beim Packen, so ganz nebenbei.

Ich weinte zehn Tage lang. Auf jeden Fall weinte ich mich an den ersten zehn Abenden in den Schlaf. Danach hörte ich damit auf. Stattdessen kamen diese Schmerzen in der Brust, wie jetzt, wenn ich an Claus denke.

Und irgendwas stimmt auch mit meinem Bauch nicht. Darin tanzen Schmetterlinge, jeden zweiten Tag habe ich Verstopfung und an den Tagen dazwischen Durchfall.

In meinem Zimmer steht wirklich ein Kachelofen, aber ich darf darin kein Feuer machen. Der Schornstein ist schon in den fünfziger Jahren zugemauert worden, hat uns der Hausmeister Herr Winter erzählt. Es gibt Risse, und die ganze Wohnung könnte im Nu ausbrennen, wenn ein wenig Glut herausspränge.

Ich glaube, mir wäre es schnurzegal, wenn ganz Grothenburg zu Schutt und Asche würde. Ich will nicht hier wohnen, ich hasse diese Stadt; und wenn wir verbrennen, Mama und ich, dann wird mir das nur als wunderbare Befreiung vorkommen. Ich müsste dann nicht in diese neue Schule gehen, und niemals würde ich dieses blöde Nachbarsmädchen mit den albernen Zöpfen und dem viel sagenden Lächeln wiedersehen müssen.

Aber hier weine ich abends nicht. Ich habe nur diesen Schmerz in der Brust und die Schmetterlinge im Bauch.

Sie heißt übrigens Else, die neue Freundin meines Vaters. Sie ist schon in die Slingergasse eingezogen. Und ihre Tochter wohnt in meinem alten Zimmer.

Das Schlimmste von allem ist, dass auch sie Agnes heißt.

An Frau
Agnes R.
Villa Guarda
Gobsheim

Grothenburg, 4. Oktober

Liebe Agnes,

danke für deine rasche Antwort, und danke dafür, dass du nichts gegen diese Kontaktaufnahme einzuwenden hast. Ich weiß nicht, ob es daran liegt, dass die Jahre so schnell vergehen, aber egal, wie wir rechnen, Agnes, so müssen wir doch zugeben, dass wir uns jetzt langsam dem mittleren Alter nähern. Ich werde im Februar vierzig – und du, das weiß ich noch sehr gut, am 1. Mai. Kannst du dich noch an deinen ersten Geburtstag hier in Grothenburg erinnern, als ich dir das Tagebuch geschenkt habe? Damals hast du gesagt, dass du niemals darin schreiben würdest, aber bei Schulbeginn im September hast du dann erzählt, dass du dir schon ein neues kaufen musstest.

Ich komme mir zwar nicht alt vor, noch längst nicht, aber an meinen Mädels sehe ich doch, dass die Zeit vergeht. Rea ist jetzt elf, so alt wie du und ich, als wir uns kennen gelernt haben – Betty wird im Dezember neun.

Und David ist in diesem Frühling siebenundvierzig geworden, und er ist der eigentliche Grund, warum ich dir schreibe, aber dazu später mehr. Ich habe Zeit genug und außerdem das Gefühl, dass ich mich des Pudels Kern in Kreisen und Rückwärtsbewegungen nähern muss, so geht es uns doch manchmal, oder meinst du nicht, liebe Agnes?

Was die Beerdigung angeht, so wusste ich in dem Moment, in dem ich die Anzeige in der Zeitung las, dass ich hinfahren musste. Es ging mir natürlich nicht um deinen Mann, den habe ich ja gar nicht gekannt, nein, ich wollte dich wiedersehen. Im Laufe der Jahre habe ich mir natürlich viele Freundinnen zugelegt – und auch Freunde, versteh das jetzt nicht falsch –, aber die Menschen, die wir als Kind gekannt haben, sind eben doch etwas Besonderes. Oder findest du nicht, Agnes? Egal, wie viel Zeit vergangen ist, wie viel Wasser den Neckar hinuntergeflossen ist, immer gibt es etwas, das uns miteinander verbindet. Ich hoffe wirklich, dass du verstehst, was ich meine, Agnes, und dass du genauso empfindest wie ich. Auch wenn die Worte mich also im Stich gelassen haben, als ich dich gesehen habe.

Ja, Davids und mein Bekanntenkreis ist derzeit ziemlich umfassend; seitdem er die Abteilung Fernsehspiel beim Fernsehen leitet, hageln die Einladungen nur so, und wir haben mindestens einmal die Woche Gäste bei uns. Aber man wird das alles leid, Agnes, ach, so leid hat man es am Ende. Dieses viele Lächeln, die gebildeten Unterhaltungen, die Vertraulichkeiten, um die man nicht gebeten hat, ich bekomme das Gefühl, dass das Theater zu uns nach Hause und in mein Leben eingezogen ist, auch wenn ich das niemals gewollt habe. Es kriecht auf irgendeine Weise unter die Haut und bis ins Mark, und man kann es nicht abwaschen … Ich weiß nicht, ob du verstehst, was ich meine, Agnes, vielleicht drücke ich mich ja unklar aus.

Ich selbst habe bei unserer Hochzeit alle schauspielerischen Ambitionen an den Nagel gehängt; David meinte, ein Gaukler in der Familie müsse reichen, und ich gebe ihm da wirklich Recht. Bisher habe ich noch nicht viele Jahre im Beruf verbracht, wir hatten immer Geld genug, und ich war fast zehn Jahre zu Hause, um mich um die Kinder zu kümmern. Seit Januar aber arbeite ich bei Booms & Kristev, der Anwaltskanzlei in der Klingstraße, ich weiß nicht, ob du dich an sie erinnerst. Ich übersetze ins Französische und Italienische, es ist kein besonders qualifizierter Job, aber es wird gut bezahlt, und ich finde es auch ganz befriedigend, Verwendung für das Wissen zu bekommen, das ich mir damals mit solcher Mühe zugelegt habe. Außerdem ist es natürlich gut zu wissen, dass man im Notfall auf eigenen Beinen stehen und sich selbst ernähren könnte.

Aber was mir wirklich alles bedeutet, sind die Mädchen, Agnes, das muss ich ganz klar sagen. Wenn ich es richtig verstanden habe, dann hast du keine eigenen Kinder, ich weiß ja nicht, ob das deine Entscheidung war oder ob es sozusagen aus natürlichen Ursachen so gekommen ist. Die Menschen sind unterschiedlich, und jeder und jede muss nach eigener Fasson selig werden, wie der alte Studienrat Nygren immer gesagt hat. Erinnerst du dich an den? Der war doch mit Sicherheit Schwede oder Norweger.

Rea und Betty sind auch überaus unterschiedlich, obwohl sie doch dieselben Eltern und ihr Leben lang unter denselben Umständen gelebt haben. Rea ist genau und praktisch und ehrgeizig; Betty ist eine Träumerin. Fast wie die beiden Seiten derselben Medaille oder wie die Prinzipien Yin und Yang, obwohl sie ja beide weiblich sind. Und ich liebe beide gleich stark, vielleicht vor allem, weil sie zwei sind und weil sie einander so hervorragend ergänzen. In den letzten Tagen ist mir aufgegangen, dass sie mich durchaus an dich und mich erinnern, Agnes, so, wie wir sind – oder zumindest so, wie wir damals waren. Du bist natürlich Rea, ich bin Betty, und es ist schon seltsam, wie das Leben sich in langen, gedehnten Ellipsen dahinziehen kann und wie man manchmal dieses beängstigende, starke Déjà-vu-Gefühl hat, wieder im selben Stück zu stehen.

Wir wohnen in einer großen Wohnung in der Pelikanallee, gleich bei der Pauluskirche, wir haben oft darüber gesprochen, uns ein Haus zuzulegen, aber wir fühlen uns hier so wohl, und die Schule der Mädchen ist nur einen Katzensprung entfernt. Außerdem hat David ja noch sein Elternhaus oben in den Bergen – in der Nähe von Berchtesgaden –, das müssen wir zwar mit seinem Bruder und seiner Schwägerin teilen, aber die leben in Kanada und sind pro Jahr höchstens zwei Wochen zu Hause.

Ich merke, dass ich hier in meinem ersten Brief sehr viel über mich und meine Familie spreche, das war nicht so geplant, aber es ist vielleicht natürlich. Wie schon angedeutet, habe ich ein um einiges konkreteres Anliegen, aber ich glaube, das muss bis zum nächsten Mal warten. Es ist schon nach Mitternacht, David ist mit irgendwelchen

Filmleuten unterwegs, es geht um eine ziemlich große Produktion, mehrere Stücke von Pirandello, wenn ich das richtig verstanden habe – die Mädchen schlafen, und ich sitze seit zwei Stunden in der Bibliothek und schreibe und überlege. Ich habe auch drei Glas Wein getrunken, das muss ich zugeben, aber ich muss morgen arbeiten, und deshalb wäre es sicher klüger, jetzt aufzuhören.

Verzeih, dass ich so ausufere, liebe Agnes, bitte denk jetzt nicht, du müsstest genauso weitschweifig schreiben. Aber über einige Zeilen würde ich mich sehr freuen, und ich verspreche, mich nächstes Mal kürzer zu fassen. Ich möchte natürlich wissen, wie dir jetzt zu Mute ist. Ist es nur traurig, dass du deinen Lebensgefährten verloren hast, oder liegt in diesem Verlust auch ein Hauch von Befreiung? Du weißt doch sicher, dass die Ehe bisweilen mit einem Käfig verglichen werden muss, in den man sich entweder hinein- oder aus dem man sich heraussehnt? Ich hoffe, du verstehst, dass du in solchen Fragen ebenso offen und ehrlich sein kannst, wie wir das damals waren.

Aber jetzt zu Bett.

Pass auf dich auf und schreib bald!

Bittet
Deine Henny

An Frau
Henny Delgado
Pelikanallee 24
Grothenburg

Gobsheim, 7. Oktober

Liebe Henny,

danke für deinen langen Brief, den ich – das kannst du mir glauben – mit großer Freude gelesen habe. Du kannst weiterhin unbesorgt so ausführlich schreiben, früher ging es uns doch mit den Wörtern genauso, du hast hundert benutzt, wo ich mit zehn auskam.

Und glaub nicht, dass ich nicht verstehe, auch wenn du den Nagel um einige Zentimeter verfehlt hast. Es ist so schön, wieder von dir zu hören. Wir können davon ausgehen, dass wir inzwischen unser halbes Leben hinter uns haben, und wenn ich daran und auch an Erichs Tod denke, dann erscheint es mir als guter Zeitpunkt, um ein wenig Bilanz zu ziehen.

Was meine Umstände angeht, so habe ich nicht so viel zu erzählen wie du, weil ich eben keine Familie habe. Erich hatte ja schon erwachsene Kinder, als wir uns kennen gelernt haben, und wir haben schon früh beschlossen, keine weiteren in diese zweifelhafte Welt zu setzen. In den vergangenen acht Jahren – seit ich meine Habilschrift verfasst habe – arbeitete ich an der Universität in H-Berg, das liegt ja nur sieben oder acht Kilometer von hier entfernt, und ich habe mich vom ersten Moment an im akademischen Leben sehr wohl gefühlt. Während der letzten Semester habe ich die Themen behandeln können, dir mir ganz besonders am Herzen liegen – die Romantik und den englischen Roman des 19. Jahrhunderts –, und wie du, liebe Henny, habe ich das Gefühl, dass ich im Leben eine Aufgabe zu erfüllen habe, auch wenn ich niemals eigene Kinder haben und deshalb die Familie nicht weiterführen werde.

Erich hat nach seiner Scheidung von seiner ersten Frau dieses wunderbare Haus bei Molnar behalten, und wir haben seit unserer Hochzeit hier gelebt. Es ist ein bezauberndes altes Gebäude aus Holz und Pommerstein mit einem überwucherten Garten und Blick auf den Fluss. Wenn ich mir überhaupt um die Zukunft Sorgen mache, dann um die Frage, ob es mir gelingen wird, dieses Haus zu halten. Erichs Kinder, Clara und Henry, können natürlich das halbe Erbe beanspruchen, und wie ich sie auszahlen soll, das wissen die Götter. Ich weiß ja nicht so recht, ob du sie auf der Trauerfeier identifizieren konntest. Henry ist groß, dunkel und arrogant, Clara hat einen leicht krummen Rücken, aschblonde Haare und mindestens zehn Kilo Übergewicht, sie saßen beide auf der ersten Bank in der Kirche, wenn auch nicht neben mir, sondern auf der anderen Seite des Mittelganges. Ehrlich gesagt verabscheue ich sie ebenso sehr wie sie mich, aber wir werden wohl auch für dieses

Problem eine Lösung finden. Ich staune ein wenig darüber, dass ich in der Erbschaftsfrage noch nicht von ihnen gehört habe, seit der Testamentseröffnung sind schon zwei Wochen vergangen, aber es dauert sicher nicht mehr lange, bis sich irgendeine wohlrenommierte Anwaltskanzlei bei mir meldet.

Ansonsten hast du ganz Recht mit deiner Andeutung. Erichs Tod hat mir auch ein wenig Ruhe und Erleichterung gebracht. Wenn wir jemanden heiraten, der so viel älter ist, ist es doch fast unvermeidlich, dass wir uns manchmal davor ängstigen, allein zurückzubleiben (der Arztberuf scheint ja auch keine Garantie für ein langes Leben zu sein, eher ist das Gegenteil der Fall, glaube ich), und vielleicht sollte man ein wenig dankbar sein, wenn man es mit vierzig erlebt, und nicht mit fünfzig oder sechzig. Du hast natürlich auch Recht damit, dass wir auf das mittlere Alter zugehen, Henny, aber wir haben doch wohl noch immer allerlei zu geben und allerlei, wofür wir leben können. Oder nicht?

Du schreibst, dass du diesen Briefwechsel aus einem bestimmten Grund begonnen hast – aus irgendeiner besonderen Idee heraus – und dass das alles auf irgendeine Weise mit deinem Mann zu tun hat. Ich muss ja zugeben, dass meine Neugier jetzt geweckt ist, und ich bitte dich deshalb, nicht weiter wie die Katze um den heißen Brei herumzugehen, sondern in deinem nächsten Brief, auf den ich hoffentlich nicht allzu lange warten muss, zur Sache zu kommen.

Ich ende mit dieser Aufforderung, es ist Zeit für den abendlichen Spaziergang mit den Hunden; es sind zwei geschmeidige, schlanke Rhodesian Ridgebacks, ich weiß noch nicht, ob ich sie behalten werde; wir haben sie vor fast fünf Jahren angeschafft, und ich liebe sie sehr, aber sie verlangen eben viel Zeit und Fürsorge. So wie jetzt.

Aber wie gesagt, liebe Henny, lass bald wieder von dir hören. Ich warte gespannt.

Mit den liebsten Grüßen,
Deine Agnes

Die Schule heißt Wallmanschule, nach einem J. S. Wallman, der vor hundertfünfzig Jahren in irgendeinem Krieg gefallen ist. Wir sind fünfundzwanzig in der Klasse. Ich und ein nervöser Junge namens Dragoman waren zu Beginn des neuen Schuljahres neu dabei, zwei waren weggezogen, weshalb Frau Zimmermann meinte, es sei gut, dass wir jetzt kämen und die Lücken auffüllen könnten.

Henny und ich verstehen uns in der Klasse am besten mit Adam, der eine Brille mit flaschenglasdicken Gläsern trägt. Er hat schon in der Wiege angefangen zu lesen und sich dadurch offenbar die Augen verdorben. Henny und ich treffen uns bisweilen mit ihm und seinem Vetter Marvel, der ebenfalls in unsere Klasse geht. Marvel ist bei den Klausuren immer besonders schlecht, vor allem in Mathematik und Rechtschreibung, aber er ist groß und stark und deshalb bei Raufereien eine große Hilfe.

Ich fühle mich richtig wohl hier auf der Schule, zu Weihnachten hatte ich die Hauptrolle im Krippenspiel, Frau Zimmermann findet mich begabt, und ich versuche, nicht zu sehr an meinen Vater und meinen Bruder in Saarbrücken zu denken. Den ganzen Herbst und Winter hindurch habe ich sie nur zweimal besucht, und mein Bruder war eines Nachmittags auf der Rückfahrt von einem Pfadfinderlager in Ravensburg zwei Stunden bei uns. Es ist irgendwie seltsam, dass wir so wenig Kontakt haben, aber noch seltsamer ist es wohl, dass es mir ziemlich egal ist.

Meine Mutter arbeitet sehr viel. Dr. Martens hat seine Praxis am Gerckmarkt, ich war auch schon bei ihm, weil zwei Zähne plombiert werden mussten. Ich kann ihn nicht leiden, er ist ironisch und schrecklich behaart, seine Augenbrauen sind schwarz und buschig, und wenn ich im Stuhl sitze, sehe ich, dass seine Nasenlöcher so zugewachsen sind, dass ich kaum begreife, wie er dadurch überhaupt noch atmen kann.

Hennys Mutter war in den letzten Monaten oft krank, und deshalb haben wir uns an manchen Nachmittagen um Hennys kleinen Bruder Benjamin kümmern müssen. Er ist ein Rotzbengel von sechs Jahren, der herumquengelt und fast immer sauer ist, einmal haben wir ihn im Gedenkpark verloren. Es war kalt und regnete, und wir mussten stundenlang nach ihm suchen. Als es dunkel wurde und wir ihn noch immer nicht gefunden hatten, fing Henny an zu weinen und sagte, sie würde es sich nie verzeihen, wenn Benjamin hier sterben müsste. Sie faselte davon, sich vor den Zug zu werfen oder in den Neckar zu stürzen, aber als sie im Sandkasten auf dem Spielplatz, wo wir Benjamin zuletzt gesehen hatten, auf den Knien lag und Gott anflehte, tauchte er plötzlich wieder auf, Benjamin, meine ich, nicht Gott. Er war verrotzter und quengeliger denn je, und er hatte sich sein ganz neues Hemd zerrissen.

Wenn man nur sein Bestes tut und sein Schicksal in Gottes Hände legt, geht am Ende alles gut, sagte Henny und drückte ihren nassen, verdreckten kleinen Bruder an sich.

Ich sagte nichts. Ich fand es ja auch gut, dass er sich wieder eingefunden hatte, wir hätten sonst einen Haufen Ärger kriegen können, aber wenn ich ehrlich sein soll, dann kann ich nicht behaupten, dass er mir gefehlt hätte, wenn er auf irgendeine Weise verunglückt wäre.

Mitte Mai – zwei Wochen nach meinem zwölften Geburtstag und zwei Tage nach meiner ersten Menstruation – mache ich eine entsetzliche Entdeckung.

Meine Mutter hat ein Verhältnis mit ihrem Chef, Zahnarzt Martens. Ich habe sie aus purem Zufall entdeckt, als sie Hand in Hand aus dem Restaurant Pompadour in der Glockstraße kamen. Ich lief ihnen geradezu in die Arme, und sie sahen beide schrecklich verlegen aus. Wir sagten nur huch und hallo, und dann ging ich weiter zur Bücherei am Wollmarplatz, wohin ich ja unterwegs war – aber als ich dann zwei Stunden später nach Hause kam, erzählte mir meine Mutter, was Sache war. Sie sagte, sie suchten ab und zu die gegenseitige Gesellschaft, genauso drückte sie sich aus, und ich finde, es hörte sich altmodisch und bescheuert an. So alt ist sie ja auch wieder nicht.

Ich sage meiner Mutter, dass ich Dr. Martens widerlich finde, und weise darauf hin, dass sie doch mindestens dreißig Jahre jünger sein muss als er. Meine Mutter wird wütend, sie sagt, Martens sei ein überaus sympathischer und kultivierter Mann und noch keine fünfzig.

Und dass sie ein wenig Geborgenheit brauchen kann, nachdem sie ihr halbes Leben an einen Hallodri wie meinen Vater vergeudet hat.

Ich sage noch einmal, dass ich Martens abstoßend finde, und schließe mich auf meinem Zimmer ein. Als meine Mutter eine halbe Stunde später an die Tür klopft, tue ich so, als ob ich schlafe.

Die Erwachsenen beschließen, dass Henny und ich einen großen Teil der Sommerferien zusammen verbringen werden. Hennys Onkel und Tante haben ein großes Haus am Lagomarsee, wir können oben auf dem Dachboden ein eigenes Zimmer bekommen. Außer Onkel und Tante werden noch zwei Vettern und eine Kusine da sein, Zwillinge in unserem Alter und ein fünf- oder sechsjähriges Mädchen. Ich weiß nicht, ob ich wirklich Lust dazu habe, an den Lagomarsee zu fahren, aber offenbar habe ich keine Wahl. Ich protestiere auch nicht, und Henny scheint sich darauf zu freuen. Als wir am letzten Schultag unsere Zeugnisse vergleichen, stellt sich heraus, dass wir genau dieselbe Durchschnittsnote haben. Adam ist um ein paar blöde Zehntelpunkte besser, wir führen das darauf zurück, dass er ein Junge ist und eine Brille hat.

Am Abend, ehe wir mit dem Bus zum Lagomarsee fahren sollen, rauche ich zusammen mit Henny, Adam und Marvel meine erste Zigarette. Wir liegen hinter einem Gebüsch im Gedenkpark, und Henny wird es so schlecht, dass sie sich auf Marvels Zeugnis erbricht. Marvel raucht übrigens zwei Zigaretten, er behauptet, dass er Tabak hervorragend vertragen kann und dass es ihm scheißegal ist, ob wir seine Hose vollkotzen. Er hat das mieseste Zeugnis in der ganzen Klasse und muss den Sommer hindurch büffeln, um das Jahr nicht wiederholen zu müssen. Als Adam nach Hause gegangen ist, fragt Marvel, ob Henny und ich seinen Piepmatz sehen wollen.

Henny sagt, ihr sei es egal, ob er ihn zeigt oder nicht, und ich sage, na ja, von mir aus. Darauf knöpft er sich den Hosenschlitz auf und zieht ihn hervor, erklärt, dass der so aussieht, weil er beschnitten ist, und Henny und ich bedanken uns für die Vorführung.

An Frau
Agnes R.
Villa Guarda
Gobsheim

Grothenburg, 12. Oktober

Liebe Agnes,

danke für deinen Brief, den ich mit großem Interesse gelesen habe. Es freut mich zu hören, dass du dich in deinem Beruf wohlfühlst, und ich höre auch gern, dass du den Tod deines Mannes offenbar mit Fassung trägst. Ich weiß ja, dass du auch früher immer kaltes Blut bewahrt hast, dass du dich nicht in den Sog der Gefühle hinabreißen ließest, und du scheinst diese guten Eigenschaften behalten zu haben. Inwieweit ich mich in den vergangenen Jahren verändert habe, kann ich natürlich nicht hundertprozentig beurteilen, aber ab und zu habe ich den Eindruck, dass ich im tiefsten Herzen noch genau dieselbe bin wie mit zwölf, fünfzehn oder achtzehn. Wenn wir uns dann demnächst wieder einmal treffen, wird es dir sicher nicht schwerfallen zu entscheiden, ob ich in dieser Hinsicht Recht habe oder nicht. So, wie ich dann wohl die Möglichkeit haben werde, in dir dasselbe junge Mädchen wie damals zu entdecken, ja, Agnes?

Aber noch möchte ich dir nicht von Angesicht zu Angesicht gegenübertreten, liebe Freundin, und damit du das verstehst, muss ich jetzt zu dem besonderen Grund kommen, aus dem ich diesen Briefwechsel überhaupt begonnen habe – und der weiterhin in höchstem Grad aktuell ist. Du sagst ja, ich soll dir diesen Grund nicht unnötig lange vorenthalten, und deshalb lasse ich es jetzt darauf ankommen und atme zweimal tief durch. Hoffentlich bist du nicht allzu entsetzt, aber dieses Risiko muss ich jetzt eingehen, es führt kein Weg daran vorbei.

Wie ich schon erwähnt habe, geht es um David. Du weißt ja, dass wir inzwischen fast achtzehn Jahre verheiratet sind. Er hat mich damals einige Wochen nach König Lear gefragt, im Juni haben wir uns verlobt und im November desselben Jahres geheiratet, ja, das weißt du sicher alles noch. Und wir hatten wirklich gute Jahre zusammen, David und ich. Wenn ich zurückblicke, dann sehe ich, dass es so war ... das gilt jedenfalls für die ersten zehn. Ich weiß – und du brauchst es nicht abzustreiten, liebe Agnes –, dass du mich manchmal für naiver und gutgläubiger gehalten hast, als die Polizei erlaubt. Ich kann mich noch immer an viele unserer Gespräche und Meinungsverschiedenheiten erinnern, daran, dass du nie so wie ich an die Vorsehung und die guten Strömungen im Leben glauben mochtest. Daran, dass uns nicht viel anderes übrig bleibt, als unser Bestes zu tun und dann die Konsequenzen hinzunehmen, wie immer die aussehen mögen.

Daran, dass wir an das Gute glauben müssen. David

und ich haben in der allerersten Zeit auch oft darüber gesprochen, und als wir einander ewige Treue geschworen haben, war das nicht nur ein leeres, verwässertes Ritual. Es war unser Ernst, wir hatten entschieden, bis an unser Lebensende miteinander und mit unseren kommenden Kindern zu leben, unsere Liebe sollte nicht beliebig sein und sich weder von irgendwelchen Ereignissen noch vom Zahn der Zeit verändern lassen. So einfach war das und so schwer.

Aber jetzt ist es also passiert. Durch Umstände, auf die ich hier und heute nicht weiter eingehen will, weiß ich, dass David eine andere hat. Ich weiß nicht, wer sie ist, und ich will es auch nicht wissen. Aber David hat mir, unseren Kindern und unserem Liebespakt Adieu gesagt, und das will ich nicht so einfach hinnehmen. Wie lange diese so genannte Affäre schon läuft, weiß ich nicht, aber es sind mindestens sechs Monate und möglicherweise doppelt so viele. David hält natürlich alles geheim, und ich zahle mit gleicher Münze zurück; ich verrate mit keinem Wort und keiner Miene, dass ich weiß, was er hinter meinem Rücken treibt. Ich habe nicht vor, das Problem anzugehen, indem ich ihn mit den Tatsachen konfrontiere oder versuche, ihm ins Gewissen zu reden – indem ich das uralte und öde Schauspiel des ertappten Mannes und der betrogenen und gekränkten Ehefrau aufführe. Ich habe mir in den vergangenen Monaten alle möglichen und unmöglichen Lösungen überlegt – und dabei hatte ich immer das Beste für mich und die Mädchen im Auge –, und, liebe Agnes, jetzt kenne ich keine Zweifel mehr. David muss sterben.

Ich kann sehr gut verstehen, dass du jetzt nach Luft

schnappst und mit immer schneller werdendem Puls diese letzten Zeilen liest. Vielleicht schiebst du den Brief bei Seite und starrst ins Leere. Schüttelst den Kopf und reibst dir die rechte Schläfe, wie du das früher immer getan hast, wenn du intensiv über irgendetwas nachdenken musstest.

Aber es hilft nichts. Hier steht es nun einmal, und ich werde mich von meinem Beschluss nicht mehr abbringen lassen. Mein Mann muss sterben. Er hat es nicht verdient, weiterzuleben, und was immer du machst, Agnes, versuch nicht, mir diese meine feste Überzeugung auszureden.

Was den nächsten Punkt angeht, kannst du jedoch – natürlich – denken, was immer du magst. Es ist nämlich so, dass ich dich um deine Hilfe bitten möchte.

Nein, leg den Brief nicht beiseite, liebe Agnes. Tu mir wenigstens den Gefallen, ihn bis zu Ende zu lesen. Egal, was du sagst, werde ich doch dafür sorgen, dass David in nicht allzu langer Zeit sterben muss. Auf irgendeine Weise. Vor einigen Jahren habe ich einen Kriminalroman gelesen, ich weiß nicht mehr, von wem er war, ich glaube, er stammte aus den USA – das Buch handelte von zwei Menschen, die einander nicht kennen und die im Zug miteinander ins Gespräch kommen, und dabei stellt sich heraus, dass beide aus dem Tod einer ihnen nahe stehenden Person einen großen Vorteil ziehen würden. Es handelt sich um zwei verschiedene Personen, wohlgemerkt. Es lässt sich aber nicht so einfach bewerkstelligen, diese jeweilige Verwandtschaft aus dem Weg zu räumen, da beide sofort unter Mordverdacht stehen würden. Aber dann kommen sie auf die Idee, miteinander die Opfer zu tauschen. Criss-cross nennen sie das. A soll die Frau von B ermorden, B dagegen den reichen Verwandten von A.

Kommst du noch mit, Agnes? Als ich anfing, über Davids Verrat nachzudenken, und dabei an die Criss-cross-Idee denken musste, fielst du mir ein. Natürlich kann ich dir nicht auf dieselbe Weise helfen (nehme ich hier mal an), aber es geht darum, dass David von jemandem ermordet werden muss, der nicht zu meinem Bekanntenkreis gehört, während ich mich irgendwo weit weg aufhalte und ein hieb- und stichfestes Alibi vorweisen kann. Das ist alles. Und ich versichere dir, dass ich dir für deinen Einsatz eine ordentliche Summe bezahlen kann. In deinem letzten Brief erwähnst du, dass du dir ein wenig Sorgen darum machst, ob du weiter in Erichs Haus wohnen kannst – glaub mir, Agnes, hunderttausend wären kein Problem für mich, und wenn du mehr brauchen solltest, könnten wir auch darüber reden.

Ich merke, dass ich schon wieder am Abschweifen bin; zweifellos hast du schon längst begriffen, worum ich dich bitte. Ich habe mir noch nicht weiter den Kopf über die Vorgehensweise und alles, was damit zusammenhängt, zerbrochen – dazu ist später noch Zeit genug, denke ich immer –, aber ich erwarte deine Antwort doch, und das kannst du sicher verstehen, mit allerlei Schmetterlingen im Bauch. Ich möchte dich wirklich bitten, dir mein Angebot zwei Tage zu überlegen – und wenn du erst einmal ja sagst, was ich von ganzem Herzen hoffe, dann bedeutet das natürlich nicht, dass du dir die Sache nicht noch anders überlegen könntest. Wirklich nicht. Im Moment bitte ich dich nur um die Bereitschaft, überhaupt mit mir über diese Angelegenheit zu sprechen. Hypothetisch und ganz und gar unverbindlich, wie man so sagt.

Also, liebe Agnes, geh erst einmal in Ruhe in dich und schreib mir dann, was dabei herauskommt. Egal, wie du dich entscheidest, bin und bleibe ich

Deine treue Freundin
Henny

An Frau
Henny Delgado
Pelikanallee 24
Grothenburg

Gobsheim, 19. Oktober

Liebe Henny,

inzwischen habe ich deinen letzten Brief zehnmal gelesen und weiß noch immer nicht, ob ich meinen Augen trauen kann. Was du da vorschlägst, ist so entsetzlich widerwärtig, dass mir die Worte fehlen. Ich bezweifele ehrlich gesagt, dass du noch klar bei Verstand bist, und ich habe mir den ganzen Abend darüber den Kopf zerbrochen, wie ich meine Antwort denn bloß formulieren soll – aber eine brauchbare Lösung habe ich nicht gefunden.

Deshalb möchte ich dich um einen klärenden Brief bitten, in dem du deinen Vorschlag entweder zurücknimmst oder mir erklärst, was um Himmels willen das eigentlich soll – und wieso du dir auch nur für eine Sekunde einbilden kannst, dass ich mich für etwas so vollkommen Absurdes wie den von dir skizzierten Plan zur Verfügung stellen sollte.

Mit freundlichen Grüßen,
Agnes

Das Sommerhaus am Lagomarsee besteht aus drei Gebäuden. Sie liegen allesamt auf einer Rodung am Waldrand, eine grasbewachsene Böschung führt hinunter zum See, und es gibt auch einen hauseigenen goldenen Sandstrand. Der ist zwar nur dreißig oder vierzig Meter lang, aber trotzdem.

Im Haupthaus schlafen Herr und Frau Karminen und die sechs Jahre alte Karen. Herr Karminen heißt Werner mit Vornamen und wird allgemein als Schokokönig oder auch nur als König bezeichnet – er besitzt eine Firma, in der Pralinen hergestellt werden, und schon nach zwei Tagen können wir keine Pralinen mehr ausstehen.

Herr Karminen lässt sich nur an den Wochenenden, abends und nachts sehen, am frühen Morgen fährt er in seinem blauschwarzen Rover nach Schwingen und wirft die Schokoladenproduktion an. Frau Karminen heißt Sofie, sie ist eine so genannte traurige Schönheit, glaube ich, mit gertenschlanker Taille und fülligen langen Haaren im selben Farbton wie der Rover. Sie sitzt fast den ganzen Tag im Liegestuhl im Schatten und liest Bücher, und dabei raucht sie durch ein Mundstück schmale Zigarillos. Karen bekommt jeden Tag Besuch von einer anderen Sechsjährigen, die von einem Bauernhof in der Nähe stammt, sie spielen Stunde für Stunde unten am See und machen sich nach besten Kräften schmutzig.

In einem kleineren Haus oben rechts wohnen ich, Henny und eine Art Verwandte namens Ruth. Ruth ist um die dreißig, ich glaube, sie ist ein wenig zurückgeblieben, und sie beschäftigt sich nur mit Kochen und Aufräumen. Abends, wenn der Schokokönig aus Schwingen zurückgekehrt ist, isst die ganze Bande gemeinsam an einem vor dem Haupthaus aufgestellten langen Tisch, und immer hat Ruth alles gekocht und erledigt nachher den Abwasch. Aber sie hat nichts dagegen, sie singt den ganzen Tag tragische Küchenlieder – außer beim Essen – und scheint mit ihrem Dasein überhaupt absolut zufrieden zu sein.

Im linken Haus – das wie unseres nur aus einem Zimmer und einer winzigen Küche besteht – schlafen die Vettern Tom und Mart. Sie sind dreizehn Jahre alt, und schon am ersten Tag begreife ich, dass sie den Sommer unerträglich machen werden.

Sie ähneln sich fast wie ein Ei dem anderen, lange knochige Knaben mit kurzgeschorenen dunklen Haaren und unverschämten Augen. An den ersten Tagen verwechsle ich sie dauernd, aber dann geht mir auf, dass Tom etwas hat, das Mart fehlt. Etwas Inneres, ich kann es nicht richtig beschreiben, aber als sie eines Abends erzählen, dass Mart zwanzig Minuten älter ist als Tom, geht mir auf, dass das wohl der Grund ist. Mart ist ganz einfach der große Bruder, er wiegt vermutlich ein Viertelpfund mehr und ist außerdem einen halben Zentimeter größer. Nicht nur in diesem Sommer, sondern das ganze Leben lang wird das so sein. Ich kann nicht begreifen, warum solche Nebensächlichkeiten so wichtig sein sollen, zugleich aber weiß ich, dass sie es eben sind. Ich fange jetzt an, so dies und das zu lernen.

»Wen magst du lieber?«, fragt Henny eines Abends, als wir im Bett liegen, während Ruth noch nicht das Licht ausgemacht hat. »Tom oder Mart?«

»Ich weiß nicht«, sage ich.

»Das musst du wissen«, sagt Henny. »Wenn du einen von beiden heiraten müsstest, wen würdest du dann nehmen?«

»Mart«, sage ich also.

»Mart gehört mir«, sagt Henny. »Du musst dich mit Tom begnügen.«

»Ach was?«, frage ich. »Na, von mir aus kannst du beide haben.«

Kein Wort davon ist wahr. Im Gegenteil, hier geht es um Leben und Tod, das weiß ich, und ich liege noch über eine Stunde wach und schmiede Pläne.

Zwei Tage später bin ich mit Mart allein, als wir vor dem Angeln nach Würmern suchen. Ich erzähle ihm, dass Henny mir ganz im Vertrauen gestanden hat, dass sie schrecklich verliebt in Tom ist und dass sie Mart nicht weiter leiden mag.

Mart gibt keine Antwort, aber seine Augen nehmen einen trotzigen und ein wenig wässrigen Ausdruck an, und ich sehe, dass meine Worte ihn zutiefst berührt haben. Wir graben eine Zeit lang schweigend weiter.

»Aber ich mag dich lieber«, sage ich dann. »Viel lieber.«

Er richtet sich auf und schaut mich aus zusammengekniffenen Augen an.

»Komm her«, sagt er und lässt seinen Spaten fallen.

Dann küsst er mich so hart und brutal, dass ich fast keine Luft mehr bekomme.

Später im Boot fällt Henny meine geschwollene Lippe auf, und sie fragt, woher diese Schwellung stammt. Ich sage, ich hätte keine Ahnung, aber ich brauche nur kurz zu Mart hinüberzuschauen, und schon weiß sie Bescheid. Ich sehe es ihr an, sie scheint zu erstarren und sich in ihrem Körper nicht mehr wohlzufühlen. In meinem Körper dagegen fühlt sich alles sehr schön an: Es prickelt ein wenig und ist überhaupt ziemlich toll. Ich strecke die Zungenspitze heraus und lecke vorsichtig die Schwellung ab.

Wir sind immer zu viert zusammen, das Krawallquartett, so nennt der Schokokönig uns. »Na, was hat das Krawallquartett denn heute angestellt«, fragt er jeden Abend, wenn wir uns zu Tisch setzen.

Wir geben niemals Antwort, es ist klar, dass keine erwartet wird. Wir wechseln nur Blicke und lachen verschämt und verschwörerisch.

Und wir stellen ja auch nicht besonders viel an. Aber wir können eben machen, was wir wollen. Baden und Angeln und Spiele spielen. Wir fahren mit dem Rad in die Stadt und kaufen Eis. Bauen uns eine Hütte, obwohl wir dafür eigentlich viel zu alt sind, und eines Tages konstruieren wir aus zwei leeren Fässern und allerlei Brettern, die wir unter einer Plane hinter dem linken Haus finden, ein Floß.

Wir sagen auch nichts zu der Tatsache, dass Mart und ich jetzt zusammen sind. Er küsst mich zwar nicht mehr, aber es ist trotzdem deutlich. Es geht daraus hervor, wie wir uns immer zusammentun, wenn wir Karten oder Federball spielen oder wenn wir mit dem Boot auf den See rudern oder mit dem Rad in die Stadt fahren. Oder wenn wir einfach umherwandern und reden.

Und Henny stellt ihre Frage kein zweites Mal. Ich weiß, dass sie weiß, und sie weiß, dass ich weiß. Aber darüber zu sprechen, würde bedeuten, noch etwas anderes an uns heranzulassen und sich geschlagen zu geben, und auf diese Idee würde Henny niemals kommen. Und ich auch nicht. Im Gegenteil, wir lassen uns beide nichts anmerken, und in dieser Kunst ist Henny wirklich eine Meisterin. Ab und zu habe ich das Gefühl, dass sie irgendetwas ausbrütet, dass sie nachts im Bett liegt, wenn Ruth längst das Licht ausgeknipst und schon mit ihrem keuchenden Schnarchen angefangen hat – dass sie dort liegt und irgendeinen Plan ausheckt und dass ich ihr möglichst schnell auf die Schliche kommen sollte.

Aber es passiert nichts. Genauer gesagt, es passiert erst in der letzten Woche, als die Tage schon kürzer und die Nächte ein wenig dunkler werden. Es ist Mitte August, wir wollen uns wegschleichen, wenn die Erwachsenen schlafen. Wollen Würstchen und Limo mitnehmen und zur Schwarzen Insel hinüberrudern und grillen.

Die Insel ist rund und liegt vielleicht zwanzig Minuten Rudertour vom Ufer entfernt. Sie ist an die hundert Meter breit, und auf ihr steht seltsamerweise nur ein einziger Baum, eine große Eiche, sie heißt nach einem gewissen

Andreas Schwarz, der irgendwann um 1850 wegen einer unglücklichen Liebe hinübergerudert ist und sich dort aufgehängt hat. Die Frau, die er damals liebte, hieß Blanche, und sie ist gleich danach ins Wasser gegangen.

Anfangs läuft in dieser Nacht alles nach Plan, aber aus irgendeinem Grund wird unser Feuer zu lebhaft, und die Flammen erfassen die Brombeersträucher unter der Eiche. Wir versuchen natürlich, das Feuer zu löschen, aber bald hat es sich auf der ganzen Insel ausgebreitet. Uns bleibt nichts anderes übrig, als ins Boot zu springen und die Flucht zu ergreifen.

Und dann schaukeln wir auf dem Wasser auf und ab und sehen, wie in der hellen Nacht die alte Eiche des Andreas Schwarz abbrennt. Ich denke, dass ich in meinem ganzen Leben noch nichts Beeindruckenderes gesehen habe: Es ist außerdem Vollmond, ein großer gelber Augustmond ist über dem Waldrand aufgetaucht, und dann fängt Henny an zu weinen. Tom zieht sie an sich, und sie weint noch viel mehr, weil Tom eben nicht Mart ist. Mart schiebt stattdessen unter einer Decke seine Hand in meine, und wir rudern nach Hause zurück, noch ehe die ganze Insel wieder dunkel und tot ist.

Mart küsst mich auch in dieser Nacht nicht, aber ich merke seiner warmen, pochenden Hand an, dass er es zu gerne machen würde. Und vermutlich nicht nur das.

Als wir am nächsten Morgen beim Frühstück sitzen, sagt Ruth, dass es nachts ein Gewitter gegeben haben muss, denn der Blitz ist in Schwarzens Eiche eingeschlagen, und sie und die ganze Insel sind verbrannt.

Aber niemand hat das Gewitter gehört, und das ist

schon seltsam. Wir sind an diesem Tag ziemlich müde und schweigsam, der Tag zieht sozusagen vorüber, ohne irgendeinen Eindruck zu hinterlassen, und am nächsten Morgen fährt der Schokokönig uns nach Schwingen zur Bushaltestelle. Als Henny und ich auf dem glatten Leder der Rückbank hin- und herrutschen, haben wir das Gefühl, einander noch näher gekommen zu sein. Als habe uns der Sommer so einiges beigebracht, über das Leben und über uns selbst.

Dass alles vielleicht nicht so ist, wie es sein sollte, aber dass man sich dann besser den Umständen gemäß verhält. Oder so. Wir sprechen im Rover natürlich nicht darüber, hier redet nur der König – und wir schweigen auch auf der schweißtriefenden Busfahrt zurück nach Grothenburg –, aber zwei Tage später, als wir wieder mit Benjamin im Park sind, sagt Henny:

»Weißt du, was ich glaube, ich glaube, dass wir eigentlich als Schwestern geboren worden sind.«

»Ach«, sage ich.

»Aber dass wir im Krankenhaus auf irgendeine Weise voneinander getrennt worden sind. Ich hab noch nie eine so gute Freundin wie dich gehabt.«

Ich sage, dass ich gelesen habe, dass in den Krankenhäusern keine besondere Ordnung herrscht – und um ganz sicher zu sein, schließen wir später an diesem Abend dann auch noch Blutsschwesternschaft.

An Frau
Agnes R.
Villa Guarda
Gobsheim

Grothenburg, 27. Oktober

Liebe Agnes,

danke für deine Antwort. Ich weiß nicht so recht, welche Reaktion ich erwartet hatte, aber vielleicht war es ja gerade diese. Trotz allem.

Ich kann dem, was ich in meinem vorigen Brief geschrieben habe, nicht mehr viel hinzufügen, fürchte ich. Aber ich möchte dir noch zwei Dinge versichern: Ich bin absolut klar bei Verstand, und ich habe durchaus vor, meinen Plan in die Tat umzusetzen. Ich verlasse mich darauf, dass du dich mir doch so verbunden fühlst, dass du mein Vorhaben niemandem verraten wirst. Wenn du mir nicht helfen willst, dann ist das deine Sache, aber dann wäre ich dankbar, wenn du mir so bald wie möglich mitteilen könntest, ob du wenigstens bereit bist, über die Sache zu diskutieren. Hypothetisch und unverbindlich, wie gesagt. Du sollst dich wirklich in keinster Weise verpflichtet fühlen, das kann ich nicht oft genug betonen.

Was den finanziellen Aspekt angeht, so bleibe ich bei den Hunderttausend. Ich bin sicher, dass ich für eine um einiges geringere Summe einen professionellen Killer anheuern könnte, aber du kannst dir ja sicher denken, dass ich über eine solche Lösung doch erhaben bin.

Egal, das hier wird ein kurzer Brief. Du wolltest eine Bestätigung, und jetzt hast du sie. Lass bald von dir hören, liebe Agnes, und sag mir, wie du zu allem stehst.

Deine Freundin
Henny

An Frau
Henny Delgado
Pelikanallee 24
Grothenburg

Gobsheim, 30. Oktober

Liebe Henny,

ab und zu ist es fast komisch, welche Zufälle sich doch ergeben. Gestern kamen mit der Post zwei Briefe, einer von dir und einer von der Anwaltskanzlei Klinger & Klinger in München. Nachdem ich mich an Herrn Pumpermann gewandt habe, meinen eigenen Anwalt hier in Gobsheim, und nachdem wir heute Nachmittag eine Stunde über die Angelegenheit gesprochen haben, ist mir klar, dass ich finanziell wirklich in einer trüben Lage bin. Nein, versteh das nicht falsch, natürlich habe ich zum Überleben mehr als genug, aber wenn ich mein geliebtes Haus behalten will, muss ich doch wohl in vieler Hinsicht umdisponieren.

So drückt er sich nämlich aus, mein Anwalt, er redet von umdisponieren!, und er vermeidet es geschickt, Ross und Reiter beim Namen zu nennen, vielleicht handelt es sich dabei ja um eine Art Berufskrankheit. Was er jedenfalls sagen will, ist schlicht und ergreifend, dass es mir an Geld fehlt. Ich habe gefragt, wie viel, er runzelte die Stirn und erklärte mit ernster Miene, dass ich mit achtzig- oder neunzigtausend zweifellos gleich sehr viel besser dastehen würde.

Also, liebe Henny, nachdem ich jetzt einige Stunden in meinem Lieblingssessel gesessen und über deinem Brief und bei vier (fünf?) Glas Portwein über alles nachgedacht habe – außerdem habe ich die Hunde unterm Kinn gekitzelt, habe viel zu viele Zigaretten geraucht und an die alten Zeiten gedacht –, schreibe ich dir nun in deiner besonderen Angelegenheit, wie du das nennst, und ... ja, warum nicht, wir können über das alles doch wenigstens sprechen.

Das kann ja wohl nicht schaden?

Meint in aller Eile
Deine Agnes

Zahnarzt Martens ist tot.

Er starb an einem verregneten Januarmorgen, nachdem er fünf Tage lang im Krankenhaus im Koma gelegen hatte. Das Koma war verursacht worden durch einen seltsamen Sturz in unserem Treppenhaus, er hatte eines Abends meine Mutter besucht, sie hatten gegessen und Wein getrunken, und auf irgendeine Weise geriet er auf der Treppe ins Stolpern und stürzte kopfüber hinunter – gerade, als aus irgendeinem Zufall der Strom ausfiel und es einfach stockfinster war.

Es wurden einige Untersuchungen betreffs der Umstände dieses Todesfalls angestellt, aber alles, was dabei herauskam, war eben nur, dass der brave Zahnarzt sich das Genick und den rechten Daumen gebrochen hatte.

Gegen Ostern, das in diesem Jahr Mitte April lag, scheint meine Mutter die Trauerzeit beendet zu haben, ein neuer Zahnarzt hat die Praxis übernommen, und die hohen Linden vor meinem Fenster tragen wieder Laub. Langsam fühle ich mich mit meinem Dasein und dem Leben zufrieden. Ich bin jetzt die Beste in der Klasse, Henny ist ein wenig zurückgefallen, und Adam war im Winter recht oft krank und kann eben nicht so viel leisten wie sonst. Irgendetwas stimmt mit seiner Lunge nicht, und er ist doch ohnehin kein besonders kräftiger Junge.

Aber im Herbst werden wir alle drei auf das Weiversgymnasium in der Waldemarstraße gehen. Außer uns werden noch fünf andere aus der Klasse überwechseln, von Marvel aber müssen wir uns natürlich trennen. Das macht nichts. Wir haben nicht mehr so viel mit ihm zu tun, er raucht jetzt dauernd und hängt meistens mit zwei älteren Jungs von der Berufsschule draußen in Löhr zusammen. Ich glaube, auch Marvel wird im Herbst auf dieser Schule anfangen, wenn ich es richtig verstanden habe, ist so ein Wechsel ganz normal. Ich habe das Gefühl, dass er das Leben richtig gut in den Griff bekommen wird.

Henny und ich reden fast die ganze Zeit miteinander. In den Pausen in der Schule, nachmittags, wenn wir zusammen büffeln, wenn wir im Genzer Sportpalast schwimmen – oder abends, wenn wir miteinander telefonieren, auch wenn unsere Mütter versuchen, uns das zu verbieten.

Wir sprechen über alles zwischen Himmel und Erde, wie man so sagt. Was wir werden wollen, wenn wir groß sind, was Jungs im tiefsten Herzen eigentlich denken, ob es immer schlimm ist zu lügen und ob Frau Butts wirklich ein Verhältnis mit Musiklehrer Fitzsimmons hat.

Wir reden auch über Gott. Henny ist davon überzeugt, dass es ihn gibt, ich habe da eher meine Zweifel. Die Welt könnte nicht so aussehen, wie sie eben aussieht, wenn irgendwer an den Strippen zöge, finde ich, aber Henny sagt, dass alles sich nach und nach noch finden wird, nur der Weg dahin sei ein wenig holprig.

»Meinst du, dass wir das noch erleben werden«, frage ich, »oder müssen wir erst noch zehntausend Jahre lang auf das Jüngste Gericht warten?«

»Sowohl als auch«, sagt Henny überzeugt. »Es wird dir und mir im Leben gut gehen, wenn wir nur weiterhin brav und demütig sind.«

Ich sage, dass es auch nichts schaden kann, ein wenig auf der Hut zu sein und sich vorzusehen, denn sonst wird man vom Bösen doch sehr leicht überlistet. Henny begreift nicht ganz, was ich meine, und will ein Beispiel hören, aber ich halte es für besser, ihr keins zu nennen.

Unsere Zukunftspläne sehen so aus, dass ich Schauspielerin oder Schriftstellerin werden will oder vielleicht beides, Henny überlegt sich die Sache jeden Monat anders – im März wollte sie Tierärztin werden, im April Modeschöpferin, und im Mai möchte sie reich heiraten und sechs Kinder großziehen, während sie ökologische Rosen züchtet und in einem französischen Fischerdorf verwaschene Aquarelle malt. Ihr Mann sollte bei der UNO arbeiten und ziemlich viel verreisen, und in der Küche will sie große schwarzrote Fliesen auf dem Boden haben.

Ich finde Henny ein wenig naiv und schrecklich wechselhaft, aber wir sind unzertrennlich, und als sie sich Anfang Juni in einen komplett hoffnungslosen Typen namens Dimitri verliebt, muss ich der Sache wirklich einen Riegel vorschieben. Als sie danach ehrenhaft aus der Sache herausgekommen ist, bedankt sie sich auch aufrichtig dafür, dass ich sie nicht im Stich gelassen habe. Ich finde mich selbst für meine dreizehn Jahre ungewöhnlich reif.

In den Sommerferien fahre ich zu meinem Vater und meinem Bruder nach Saarbrücken. Mit Else ist Schluss, und ich kann mein altes Zimmer wieder in Besitz nehmen. Morgens arbeite ich in der Bäckerei Goschinski, abends fahre ich mit dem Rad zum Fluss und treffe mich mit alten Bekannten. Je weiter der Sommer voranschreitet, umso klarer wird mir, dass ich über sie hinausgewachsen bin – ich ertappe mich bei dem Gedanken, dass die Scheidung meiner Eltern für meine persönliche Entwicklung doch sehr nützlich war.

Vielleicht bin ich auch meinem Vater und meinem Bruder entwachsen, ich habe mit ihnen eigentlich nichts mehr zu tun, und wenn wir zusammen essen, herrscht am Tisch oft auffälliges Schweigen. Mein Vater scheint zehn Jahre älter geworden zu sein, und wenn er überhaupt etwas sagt, dann geht es immer um das Wetter und den FC Saarbrücken. Mein Bruder versucht nie so wie früher, mich zu verprügeln, aber damit scheint zwischen uns auch jegliche Kommunikation zum Erliegen gekommen zu sein.

Als Henny und ich und einhundertzweiundsiebzig andere am 1. September in der Aula des Weiversgymnasiums sitzen, bin ich doch gespannt auf die Jahre, die vor uns liegen. Die Kindheit scheint zu Ende zu sein, und ich bin ziemlich sicher, dass ich sie nicht vermissen werde.

An Frau
Agnes R.
Villa Guarda
Gobsheim

Grothenburg, 11. November

Liebe Agnes,

ich habe mich so über deinen Brief gefreut, auch wenn ich hoffe, dass du nicht nur aus finanziellen Gründen auf meinen Vorschlag eingehen willst.

Entschuldige, die Gründe, die dich veranlassen, über die Sache zu diskutieren, meine ich natürlich. Ich will die Ereignisse, die jetzt vor uns liegen, durchaus nicht beeinflussen oder dominieren, im Gegenteil, ich halte es für wichtig, dass du und ich, liebe Agnes, uns jeden Schritt, jedes noch so kleine Detail vorher sehr genau überlegen. Wir müssen alles haarklein planen und alle unnötigen Risiken vermeiden. Im Grunde dürfte es aber nicht so schwierig für zwei Frauen mit unseren Fähigkeiten sein, einen einzigen Mann zu ermorden und unentdeckt zu bleiben. Oder, Agnes?

Nein, wenn ich daran denke, bin ich davon überzeugt, dass wir – wenn wir es nun tun wollen – eine Methode finden werden, bei der wir nichts dem Zufall überlassen und bei der die Polizei hilflos und ohne den geringsten Hinweis dastehen wird, wer – und welche Kräfte – David ums Leben gebracht haben.

Als Erstes müssen wir uns vor Augen halten – so sehe ich das zumindest –, dass ich ein absolut sicheres Alibi brauche. Die Frau eines Ermordeten ist doch immer die Erste, die von der Polizei verdächtigt wird. Das wird auch in unserem Fall so sein, egal, ob sie von Davids Seitensprüngen Wind bekommen oder nicht. In diesem Punkt dürfen wir uns also keine Schlamperei erlauben, das oberste Gebot und die erste Bedingung sind, dass ich unter gar keinen Umständen die Möglichkeit gehabt haben darf, den Mord zu begehen.

Um diese Bedingung zu erfüllen – entschuldige, wenn ich mich so förmlich und technokratisch anhöre, liebe Agnes, ich merke es ja selbst, und es kommt mir wirklich ein wenig fremd vor, aber ich glaube, es wäre ein Fehler, zu gefühlsbetont zu werden –, um mir also ein sicheres Alibi zu beschaffen, muss sich der Zeitpunkt von Davids Tod mit einiger Sicherheit feststellen lassen, außerdem muss ich mich zu diesem Zeitpunkt nachweislich an einem anderen Ort aufgehalten haben. So weit entfernt vom Tatort, dass ich allein deshalb schon von der Liste der Verdächtigen gestrichen werden muss. Nachweislich, wie gesagt: In diesem Zusammenhang brauchen wir dann sicher irgendeinen Zeugen oder eine Zeugin, oder was meinst du, Agnes?

Also, um es kurz zu machen: Ich stelle mir vor, dass es zwei Möglichkeiten gibt. Entweder bringst du meinen

Mann bei uns zu Hause um, während ich mich anderswo aufhalte – oder du bringst ihn anderswo um, während ich zu Hause bin.

Nachdem ich beide Alternativen durchdacht und gegeneinander abgewogen habe, bin ich zu dem Schluss gekommen, dass mir Letzteres lieber wäre. Ich möchte, dass es anderswo passiert, ganz einfach. Ich glaube, dass ich auf meine Töchter soviel Rücksicht nehmen sollte wie überhaupt möglich, und für sie wäre es zweifellos unnötig traumatisch und belastend, wenn sie ihren toten Vater so hautnah miterleben müssten – auch wenn wir es natürlich so einrichten könnten, dass sie während der Mordnacht (ich scheine vorauszusetzen, dass es nachts passieren wird, ist das nicht seltsam, Agnes?) aus irgendeinem Grund verreist sind, so würde es ihnen doch sicher danach schwerfallen, in einer Wohnung zu leben, in der ihr Vater ermordet wurde.

Mein Grundgedanke sieht also so aus – und mehr möchte ich gar nicht sagen, solange du dich nicht zu allem geäußert hast: Wir lassen den Mord in sicherer Entfernung von Grothenburg passieren. Vielleicht in einem Hotelzimmer in München, Berlin oder Hamburg. David verreist mindestens zwei- oder dreimal pro Monat und übernachtet dann anderswo, es dürfte also nicht schwer sein, eine passende Gelegenheit zu finden.

Was die Methode betrifft, so ist es mir ziemlich egal, wie du vorgehst. Ich finde ja, dass du die aussuchen sollst, die dir am geeignetsten erscheint. Ich persönlich würde ihm ja am liebsten die Kehle aufschlitzen, aber das wäre vielleicht zu riskant. Und natürlich überaus blutig. Eine Kugel in den Kopf kommt mir in vielerlei Hinsicht sicherer vor, aber dann stehen wir natürlich vor der Frage, wie wir die Waffe beschaffen sollen.

Natürlich gibt es auch noch andere Methoden, aber hier soll deine Stimme den Ausschlag geben, Agnes. Vielleicht hast du in diesem düsteren Bereich ja Vorlieben ästhetischer und rationaler Art, das würde mich jedenfalls nicht überraschen. Was den Zeitpunkt angeht, so eilt es natürlich nicht so sehr, aber es wäre mir doch lieb, wenn wir unser Projekt in einigermaßen überschaubarer Zukunft an Land holen könnten. In höchstens zwei oder drei Monaten. Da ich die Sommerferien für meine Mädchen und alles Mögliche andere planen muss, wäre es doch schön, die Sache bis spätestens Ostern hinter uns zu haben.

Aber genug, liebe Agnes, schreib mir bald, wie du über alles denkst, ich merke, dass ich dich schrecklich gern wiedersehen möchte, aber wir müssen natürlich jeglichen direkten Kontakt vermeiden, bis wir hinter David den Schlusspunkt gesetzt haben. Und dann müssen wir wohl mit etwa einem halben Jahr Sicherheitsspielraum rechnen.

Aber mehr darüber in nicht allzu langer Zukunft.

Alles Liebe,
Deine Dir verbundene
Henny

An Frau
Henny Delgado
Pelikanallee 24
Grothenburg

Gobsheim, 17. November

Liebe Henny,

danke für deinen Brief. Ich muss zugeben, dass mir ein wenig seltsam zu Mute war, als ich ihn gelesen habe – als hätten wir uns schon längst auf einen gefährlichen Weg begeben, bei dem es keinerlei Möglichkeit zur Umkehr und keine Abzweigungen gibt, aber nach zwei Glas Wein heute Abend habe ich meine Nerven unter Kontrolle bekommen und bin klar im Kopf wie eine geile Nonne. Weißt du noch, dass Studienrat Klimke auf der Weiversschule immer diesen Ausdruck verwendet hat, ich habe mich immer gefragt, woher er den wohl hatte. Geile Nonne?

Bis auf weiteres kann ich sagen, dass ich in allen von dir angesprochenen Punkten deiner Meinung bin. Ich ziehe es absolut vor, in einem anonymen Hotel ans Werk zu gehen, statt mit einem dermaßen sinistren Vorhaben deine Wohnung heimzusuchen. Ich muss mich aber doch fragen, ob es ausreicht, wenn du mit den Mädchen zu Hause bleibst. Brauchst du wirklich kein stärkeres Alibi? Die Aussagen deiner Töchter würden vor Gericht sicher nicht ausreichen, die beiden können doch nicht als objektiv gelten – falls Kinder vor Gericht überhaupt für oder gegen ihre Eltern aussagen dürfen. Zumindest komme ich zu diesen Schlussfolgerungen, nachdem ich im Fernsehen den einen oder anderen Film über eine Gerichtsverhandlung gesehen habe.

Na ja, das ist natürlich nur ein Detail, das sich sehr leicht korrigieren lassen wird. Du kannst ja einfach ein paar Freunde zum Essen einladen und dann dafür sorgen, dass sie sehr lange bleiben. Ich stimme dir absolut darin zu, dass ich während der Nacht zuschlagen sollte, dann werden doch die meisten Morde ausgeführt, nehme ich an. Am befriedigendsten wäre es wohl, wenn er schliefe und ich ihn ins Land der Schatten befördern könnte, ohne dass er vorher noch erwachte. Wie sieht das aus, schläft er normalerweise tief, oder fährt er beim leisesten Geräusch hoch? Ja, es gibt natürlich noch etliche kleine Fragen, die du mir so nach und nach beantworten musst, aber dazu kommen wir sicher noch, wenn wir mit der Planung ein wenig weiter gediehen sind.

Ich habe mir inzwischen auch überlegt, wie man in ein Hotelzimmer gelangt. Was glaubst du, kann man sich einfach tagsüber dort verstecken und dann den richtigen Moment abwarten? Oder soll ich vielleicht im selben Hotel ein Zimmer nehmen – vielleicht unter falschem Namen und verkleidet? (Aber wird in Hotels heutzutage nicht immer irgendein Ausweis verlangt?)

Na ja, mehr darüber später. Was die Methode angeht, so

möchte ich unnötige Gewaltanwendung und übertriebenes Blutvergießen doch lieber vermeiden. Tatsache ist, dass wir in diesem Punkt wohl eine ziemlich einfache Entscheidung treffen können. Ich besitze nämlich eine Waffe. Es handelt sich um eine zuverlässige belgische Pistole Marke Berenger, mein Mann hat sie vor einigen Jahren nach dem Tod eines alten Onkels an sich genommen, und niemand weiß, dass wir sie haben. Dass *ich* sie habe, meine ich natürlich. Wir haben sie vor ein paar Jahren zum Spaß ausprobiert, sie funktioniert hervorragend, und ich habe auch noch zwei Schachteln mit Munition. Ich glaube, dass es sich hierbei ohne Zweifel um die sicherste Methode handelt, es gibt keine Möglichkeit, die Waffe zu mir zurückzuverfolgen, und vorsichtshalber kann ich sie ja draußen im Wald vergraben, wenn alles überstanden ist.

Und wann, liebe Henny? Ja, mir ist das natürlich egal. Wenn du das passende Datum und das passende Hotel in der passenden Stadt aussuchst – dann bin ich bereit, jederzeit ans Werk zu gehen. Unter der Voraussetzung natürlich, dass wir genügend Zeit hatten, um über alles zu sprechen, und dass wir sicher sind, kein wichtiges Detail vergessen zu haben.

Und natürlich müssen wir uns geeinigt haben, was meine Belohnung angeht. Ich habe über Anwalt Pumpermann Clara und Henry vage versprochen, dass ich ihnen ihren Anteil am Haus auszahlen werde – aber ebenso wie ich gern einen kleinen Betrag als Bestätigung unserer Abmachung hätte, möchten sie sicher bis Weihnachten irgendeine Anzahlung sehen. Jedenfalls habe ich Pumpermanns Reden so gedeutet, meine Güte, der ist wirklich einer, der gedeutet werden muss, Henny! Sagen wir, zwanzigtausend, dann können wir uns immer noch überlegen, wenn der Große Tag näher rückt, wie wir mit dem Rest verfahren werden.

Oder wenn die Große Nacht näher rückt, wie gesagt.

Aber um das Thema zu wechseln, wie ist denn das Wetter in Grothenburg? Hier in Gobsheim war der November bisher ungewöhnlich verregnet und düster. Nicht einmal die Hunde mögen das Haus noch verlassen, eine Reise in den Süden würde unsere Lebensgeister zweifellos wecken, aber ich fürchte, das muss noch warten.

Sagt Deine Dir verbundene
Agnes

PS. Gerade, als ich den Umschlag zukleben wollte, kam mir ein gefährlicher Gedanke. Was, wenn die andere Frau mit ihm im Hotel ist? Wie können wir sichergehen, dass das nicht passiert?

Einer dieser Abende.

Bin in der Uni geblieben und habe bis nach acht Uhr Klausuren korrigiert. Von dreizehn abgegebenen Arbeiten muss ich drei ablehnen. Alle von Jungen. Oder von Männern, oder wie immer man diese halbintellektuellen jungen Dachse von zwanzig oder zweiundzwanzig nennen will. Ich weiß übrigens gar nicht, wie alt sie sind. Dietmar, der Schwächste von allen, kann durchaus schon fünfundzwanzig sein. Piotr sieht aus wie höchstens neunzehn, mit seiner schiefen Frisur und seinen Pickeln. Jedenfalls wäre es besser, wenn wir sie dazu bringen könnten, vor Weihnachten auszusteigen. Damit sie im Januar auf ein weniger anspruchsvolles Fach überwechseln können. Auf Pädagogik oder Psychologie vielleicht. Oder irgendeine quantifizierbare Naturwissenschaft.

Als ich nach Hause fahre, regnet es. Feuchte Blätter bedecken die Allee zwischen Münstersdorf und dem Schloss, ich fahre sehr langsam und denke an Henny. Sie ist wirklich eine seltsame Frau. Das ist sie zumindest geworden, vielleicht brauchten wir diese Distanz, dieses

Schweigen während so vieler Jahre – wenn wir daran denken, was uns jetzt bevorsteht, dann war es natürlich nur gut so. Als habe es von Anfang an eine Art übersinnliche Regie gegeben. Oder Choreografie. Aber ich weiß, dass solche Gedanken sich an einem so düsteren und trüben Abend nur allzu gern einstellen.

Ich frage mich, ob sie bei der Beerdigung irgendwem aufgefallen ist. Natürlich ist ihre Anwesenheit registriert worden, aber hat irgendwer angefangen – und damit weitergemacht –, sich zu fragen, wer sie wohl sein könnte? Ich glaube es eigentlich nicht. Es waren doch ziemlich viele, und die meisten kannten die anderen Trauergäste nicht.

Das Geld ist heute Morgen gekommen. Als ich in der Bankfiliale am Kleinmarkt meine Auszüge geholt habe, fand ich auf meinem Konto plötzlich zwanzigtausend Euro. Ich muss zugeben, dass mein Herz einen Schlag ausgesetzt hat. Als wäre ich plötzlich aus einer fiktiven Welt in eine reale geschleudert worden. Aus einem Film oder einem Traum in eine brutale Wirklichkeit.

Bedeutet das, dass die Würfel gefallen sind? Dass es kein Zurück mehr gibt?

Das bilde ich mir ein. Ich will ja auch gar nicht zurück. Will mich aus dieser Sache nicht mehr herausziehen, es ist schon komisch, aber irgendwie scheint dieser Plan bei mir sexuell stimulierend zu wirken, und das kann ich in diesem verregneten Herbst wirklich brauchen.

Als ich den Wagen gerade in die Garage fahren will, fällt mir Tristram Singh ein, und als er sich dann erst einmal in meinen Gedanken festgesetzt hat, kann ich mich für den restlichen Abend natürlich nicht mehr von ihm befreien –

nicht beim Spaziergang mit den Hunden und auch nicht später, als ich wie immer eine Stunde im Sessel vor dem Kamin verbringe. Ich verbringe unbegreiflich viel Zeit in diesem Sitzmöbel – als wäre ich eine Achtzigjährige, die einfach nur noch dasitzt und ihre Erinnerungen zusammenträgt. Aber ich bin doch nur halb so alt, und eine innere Stimme sagt mir, dass eins der wichtigsten Ereignisse in meinem Leben noch gar nicht stattgefunden hat.

Ehe ich schlafen gehe, lese ich diese Zeilen von Barin, die mich so ansprechen. Die brauche ich vielleicht als Gegengewicht gegen die viele verkorkste Klausurenprosa, durch die ich mich hindurchquälen musste.

Beim Durchgang von Fräulein Beate Wollingers Leben
stellte es sich heraus, dass ihr Herz
zwanzig Millionen
achthundertdreizehntausend
und sechshundertneunundsechzig Schläge
ausgeführt hatte.
Vier davon galten dem Optikerassistenten
Arnold Maurer an einem Frühlingsabend in Gimsen,
1971.

***

Claus-Joseph.

Ich lerne ihn auf einer Demo kennen, ich kann mich an den Anlass nicht erinnern, es ging sicher um Südafrika. Er ist ein Jahr älter als ich, besitzt einen Trabi und studiert Philosophie, während er auf die Einberufung zum Militärdienst wartet. Wir werden ein Paar, aber ich liebe ihn nicht, und wir schlafen auch nicht miteinander.

Ungefähr zur gleichen Zeit – ich rede jetzt vom Herbst 1981 – fängt Henny an, sich häufig mit Ansgar zu treffen. Ansgar ist der Sohn eines Pastors, der vom Glauben abgefallen ist, als seine Frau sich mit einem farbigen Jazzmusiker nach Kanada abgesetzt hat und den Gatten mit seinem Pastorat und seinem eingeborenen Sohn in Klubenhügge sitzen ließ. Ansgars Vater widmet sich jetzt auf einem Hof bei Bluemenberg der Zucht von Schäferhunden. Ansgar ist ein ziemlich neurotischer junger Mann, was zweifellos Hennys gutes Herz anspricht.

Auch Henny schläft nicht mit ihrem Ansgar, aber nicht, weil sie nicht will – sondern aus irgendwelchen unklaren religiösen Gründen.

Aber wir quetschen uns in Claus-Josephs Trabi, das schon, und machen da ganz heftig herum. Schieben uns gegenseitig die Hände unter den Hosenbund, reiben, stöhnen ein wenig. Es kommt auch vor, dass wir mit dem Wagen einen Ausflug unternehmen. Meistens nach Ulming oder Westdorf, wir mögen diese kleinen Orte am kurvenreichen Oberlauf des Neckar. Bei diesen Ausflügen schauen wir uns durch Ansgars Fernglas Vögel an – Ansgar und Claus-Joseph interessieren sich beide sehr für Ornithologie – und reden über Politik. Solidarität. Kambodscha. Südafrika. Henny und ich haben das letzte Schuljahr erreicht, Ansgar und Claus-Joseph haben ihr Abitur schon hinter sich. Sie bilden sich ein, ein wenig mehr zu wissen als wir.

Katzenkacke, denke ich. Durch das Seitenfenster des

Trabi regnet es herein. Ich ertappe mich oft dabei, dass ich mit meinen Gedanken weit weg bin.

Tristram Singh kommt im Januar des letzten Schuljahres in unsere Klasse und nimmt eigentlich nur am Englischunterricht teil – und dort beantwortet er die seltenen Fragen, die Studienrat Dibble ihm stellt, mit einem Akzent, der irgendeiner alten englischen Kolonialkomödie entsprungen zu sein scheint und bei dem uns das Lachen im Hals stecken bleibt.

Aber Tristram ist auch in den übrigen Stunden dabei – wir wissen nicht so recht, warum, aber er ist mit seinen Eltern und seinen fünf jüngeren Schwestern hergekommen und wird ein halbes oder vielleicht ein ganzes Jahr bleiben, sein Vater ist eine Art Konsul, und irgendwomit muss Tristram sich die Zeit ja vertreiben.

Er ist schmächtig, bescheiden und aufmerksam, seine Haut hat einen sanften Bronzeton, von dem ich nur schwer meine Augen abwenden kann und der Claus-Joseph und Ansgar plötzlich zu langweiligen böhmischen Würstchen in staubigen Schafsdärmen verbleichen lässt. Henny drückt sich eines Abends nach einer Diskussion über die rotflügelige Uferschwalbe und die Situation in den chilenischen Dörfern genauso aus, ich weiß nicht, ob sie damit den ganzen Ansgar meint oder nur einen bestimmten Teil.

Der leise Kummer in Tristrams Augen scheint jedenfalls tausend Jahre alt zu sein.

An einem Abend Anfang Februar geht er mit uns ins Vlissingen, eine Studentenkneipe, in der wir uns ab und zu auf ein Bier treffen und über das Wesen der Kunst diskutieren. An diesem Abend sind wir ziemlich viele, ich glaube, irgendwer hat Geburtstag, aber Tristram trinkt weder Bier noch Wein – er trinkt nur Tee und Wasser, und er sitzt zwischen mir und Henny. Er trägt einen gelbweißen Leinenanzug und riecht gut und ein wenig fremd, und er ist ihr und mir gegenüber gleichermaßen höflich und ernst. Um Viertel nach elf schaut er auf seine Armbanduhr und erklärt, er müsse jetzt leider los, denn er habe seiner Mutter versprochen, vor Mitternacht zu Hause zu sein. Henny schaut kurz den neben ihr sitzenden Ansgar an, ich schaue kurz den neben mir sitzenden Claus-Joseph an, und dann erklären wir, Henny und ich, fast wie aus einem Munde, dass wir ihn nach Hause bringen werden.

Es wäre gar zu unkameradschaftlich, einen traurigen jungen Inder allein durch Grothenburgs hohle Gassen wandeln zu lassen.

Außerdem brauchen wir ein wenig frische Luft.

»Die Liebe ist eine Kraft, die stärker ist als die sie Ausübenden«, sagt Henny. »Wir können nicht über sie gebieten.«

Ich weiß nicht, wo sie das gelesen hat, und sie versucht so auszusehen, als habe sie es selbst so formuliert.

»Für romantische und pubertäre Seelen und für geile Hunde vielleicht«, sage ich. »Aber wenn man sich ins Meer der Gefühle stürzt, kann es auch einem vernünftigen Menschen passieren, dass er schwer ans Ufer zurückfindet.«

»Manche Menschen können nur Geld lieben«, sagt Henny.

Wenn Claus-Joseph und Ansgar nicht dabei sind, führen wir manchmal gern solche Reden, Henny und ich. Es kommt auch vor, dass wir uns in unseren Aufsätzen für Frau Silberstein so ausdrücken, ab und zu mit Erfolg, ab und zu auch nicht.

Klug, schreibt Frau Silberstein an den Rand.

Oder: *Große Worte, kleine Gedanken.*

»Gefühle und Gedanken brauchen keine Feinde zu sein«, fährt Henny fort. »Sie können auch Hand in Hand gehen, man muss nur zuerst wagen, sie loszulassen.«

»Schöne Menschen können das Wesen der Liebe niemals verstehen«, zitiere ich. »Sie sind zum Objektsein verdammt. Und wir sind doch beide schön, oder, Henny?«

Henny überlegt und blättert zerstreut in ihrer französischen Grammatik. Wir schreiben am folgenden Tag eine Klausur und sitzen in meinem Zimmer, müssten eigentlich büffeln, unser Gespräch ist eine heftige Abschweifung.

»Das stimmt nicht«, sagt Henny schließlich. »Ich bin zum Beispiel davon überzeugt, dass Tristram Singh ungeheuer befähigt dazu ist, das Wesen der Liebe zu erfassen.«

»Ach«, frage ich.

»Genau«, sagt Henny.

»Seine Haut ist wie blasses Kupfer«, sage ich. »Das schon, aber …«

Henny schweigt wieder und schaut aus dem Fenster. Es ist noch immer Februar, und seit drei Tagen regnet es ununterbrochen. Die Augenblicke werden lang. Kleben auf irgendeine Weise aneinander, und die Zeit hält aus purem Überdruss an.

»Ich überlege mir ernsthaft, ob ich mit Ansgar nicht Schluss machen soll«, sagt Henny endlich mit einem gekünstelten kleinen Seufzer.

»Ich habe Claus-Joseph gestern von der Gehaltsliste gestrichen«, gestehe ich, und dann prusten wir beide los.

Wir lachen und lachen, fallen einander in die Arme und können einfach nicht mehr aufhören damit. Die Tränen fließen, die französische Grammatik fällt auf den Boden, und wir lachen weiter, bis Henny Bauchschmerzen hat und ich mich fast bepisse.

»Agnes«, sagt Henny. »Du bist meine Blutsschwester. Nichts wird uns trennen können.«

»Gar nichts«, sage ich.

An Frau
Agnes R.
Villa Guarda
Gobsheim

Grothenburg, 8. Dezember

Liebe Agnes,

danke für deinen letzten Brief, der mich gefreut und zugleich beunruhigt hat.

Er hat mich gefreut, weil ich jetzt wirklich sehe, dass du dich unserer Sache in vollem Ernst widmest (ich finde unbedingt, dass wir deine belgische Pistole benutzen sollten, wenn du wirklich sicher bist, dass sie funktioniert, und wenn du damit umgehen kannst) – und er hat mich beunruhigt, weil deine als PS gestellte Frage durchaus ernsthaft bedacht werden muss.

Denn natürlich trifft er sich mit ihr auf seinen vielen Reisen. Einzelne heiße Nächte in fremden Hotelzimmern, pfui Teufel, Agnes, mir dreht sich der Magen um, wenn ich nur daran denke. Monat für Monat, sicher haben sie in diesen Jahren schon an die hundertmal gevögelt, ja, ich sehe so langsam ein, dass es wohl schon länger geht, als ich zuerst angenommen hatte. Und ich spiele mit dem Gedanken – und verwerfe ihn dann wieder –, den Mädchen die Wahrheit über ihren Vater zu sagen. Wie billig er sich macht! Und auf welch banale Weise er mich hintergeht!

Aber diese Frau interessiert mich nicht. Nicht im Geringsten, sie kann jede Schlampe oder jede so genannte anständige Frau auf der Welt sein, ihre Motive und ihre Beweggründe gehen mir an einem gewissen Körperteil vorbei. Auch sie macht sich vermutlich reichlich billig, aber das ist ihre Sache, schließlich soll *er* sterben, nicht sie. Ich will nicht einmal wissen, wer sie ist.

Aber wie sollen wir mit dem Problem umgehen, dass sie vielleicht bei ihm sein wird? Gott sei Dank, dass du rechtzeitig daran gedacht hast, Agnes, ich will auf keinen Fall, dass sie ebenfalls draufgeht – abgesehen von vielen anderen Komplikationen würde doch ein Doppelmord an meinem Mann und seiner Geliebten sofort allen Verdacht auf mich lenken. Nein, er soll für seine Taten büßen, sie lassen wir laufen – in dieser Hinsicht sollten wir uns einig sein.

Andererseits wollen wir das Problem auch nicht überbewerten. Wenn du es schaffst, David planmäßig zu töten, und wenn sie dann beispielsweise den Leichnam findet, ja, würde ein solches Gewürz unser Gericht denn verderben? Sie muss dann doch gute Gründe haben, um in dieser Lage wegzulaufen? Oder irre ich mich da, Agnes? Wenn du einen verheirateten Mann zum Geliebten hättest und ihn in eurem Liebesnest tot auffändest, würdest du dann sofort die Polizei anrufen? Deine Identität und euer Verhältnis bekannt geben? Ich glaube nicht. Nein, je mehr ich darüber nachdenke, umso sicherer bin ich mir, dass wir von ihr nichts zu befürchten haben. So lange sie nicht Zeugin des Mordes wird, glaube ich nicht, dass ihre eventuelle Anwesenheit in den Kulissen eine besonders große Rolle spielt oder uns Sorgen machen muss. Und wenn wir erst einmal soweit sind – es dürfte doch nicht so schwer sein, dich zu vergewissern, dass er allein ist, wenn du ihn erschießt, Agnes, oder? Es muss ja auch nicht unbedingt auf dem Zimmer passieren. Vielleicht wäre ein Schuss in den Rücken in einer Gasse in der Nähe des Hotels eine ebenso gute Lösung? Die Pistole in die Handtasche, und dann einen gelassenen Spaziergang, auf diese Weise werden doch sogar Ministerpräsidenten erschossen. Ja, ich lasse meinen Gedanken einfach freien Lauf, Agnes, und ab und zu muss ich sagen, dass ich es ein bisschen traurig finde, dass ich nicht selbst zur Waffe greifen kann und ihm das geben darf, was er verdient.

Aber genug, überleg dir das alles, Agnes, und lass mich deine Meinung wissen. Auf jeden Fall müssen wir jetzt einen Zeitpunkt und einen Ort finden, die uns passend erscheinen. Ich nehme an, dass wir erst zur Tat schreiten werden, wenn das neue Jahr nicht mehr ganz so neu ist, deshalb habe ich in Davids Terminkalender geblättert und weiß jetzt, dass er im Januar und Februar mindestens vier Termine hat, die jeweils zwei Tage in Anspruch nehmen werden. Aber ich werde mir die Daten noch genauer ansehen und sie dir in meinem nächsten Brief mitteilen. Hier in Grothenburg weihnachtet es sehr, wir müssen die üblichen Familientreffen vorbereiten, und ich freue mich zwischendurch darüber, dass es das letzte Mal ist.

Ich hoffe, du hast das Geld erhalten. Wie wir mit den restlichen achtzigtausend verfahren sollen, weiß ich nicht. Ich gehe davon aus, dass du mir ebenso vertraust wie ich dir, Agnes – ich habe das Gefühl, dass diese neunzehn Jahre in einer anderen Zeitfurche verstrichen sind, in einem anderen Raum gewissermaßen, kommt es dir nicht auch so vor? Ich habe solche Sehnsucht nach dir, aber wie ich schon in meinem letzten Brief gesagt habe, müssen wir damit natürlich noch eine gewisse Zeit warten.

Aber dann, liebe Agnes, können wir uns dann nicht eine oder zwei Wochen einfach miteinander gönnen, du und ich? Eine kleine Reise im Herbst vielleicht? Zwei lustige Witwen am Mittelmeer, gib zu, dass das verlockend klingt. Ich habe keine Probleme, was die Betreuung meiner Mädchen angeht. Mein Bruder (du erinnerst dich doch an Benjamin?) und seine Familie kümmern sich gern um sie, sie wohnen in Karlsruhe, und wir tauschen manchmal die Kinder, auch wenn seine Söhne natürlich etwas jünger sind.

Aber, wie gesagt, Agnes, lass uns bis nach Weihnachten warten und dann im neuen Jahr zuschlagen. Genieße die freien Wochen (oder ist es in der akademischen Welt gleich ein ganzer Monat?) und lass von dir hören!

Wünscht sich Deine treue
Henny

An Frau
Henny Delgado
Pelikanallee 24
Grothenburg

Gobsheim, 10. Januar

Liebe Henny,

bitte entschuldige die späte Antwort, aber ich war verreist. Ein Kollege von der Uni hatte mir gleich vor Weihnachten ein Angebot gemacht, das ich nicht ablehnen konnte. Zwei Wochen in New York – seine Schwester arbeitet bei der UN und hat eine Wohnung in Manhattan. Ich bin am Heiligen Abend losgefahren und gestern Abend nach Gobsheim zurückgekehrt, und ich hatte wirklich einen wunderbaren Aufenthalt dort drüben. Eigene Dreizimmerwohnung an der 74. Straße mit Ausblick auf den frostweißen Central Park. Theater und Film, Museen, ein bisschen Shopping, ach ja, wir müssen zusammen verreisen, Henny, genau wie du es vorgeschlagen hast. Aber ehrlich gesagt, ich glaube, ich möchte lieber in eine Großstadt … Barcelona oder Rom vielleicht, oder warum nicht noch einmal New York? Na ja, darüber können wir später immer noch reden.

Ich habe mir über deine Gedanken und deine Einschätzung der Risiken, wie du sie im letzten Brief vorbringst, meine Gedanken gemacht, und ich bin in allen wesentlichen Punkten deiner Ansicht. Ich glaube auch nicht, dass wir die eigentliche Tat vorher so genau planen müssen – vor allem, da wir ja nicht sicher sein können, ob diese Frau anwesend sein wird oder nicht –, aber ich halte das nicht für sonderlich problematisch. Der endgültige Beschluss muss ja doch vor Ort gefasst werden, es ist unmöglich, alle Umstände genau vorherzusehen, wir müssen uns ganz einfach auf meinen gesunden Menschenverstand und auf meinen klaren Kopf im Augenblick der Tat verlassen. Und – das versichere ich dir, Henny – meine Finger werden nicht zittern. Wenn ich den richtigen Moment finden kann, werde ich ihn auf jeden Fall nutzen. Wenn mir die Risiken als zu groß erscheinen, ja, dann werde ich eben abwarten. Einen Menschen zu erschießen dauert schließlich nur eine Sekunde – und sich danach in Sicherheit zu bringen dauert auch nicht viel länger.

Also verlass dich auf mich, liebe Henny, ich werde das Kind schon schaukeln. Gib mir nur zwei mögliche Daten und zwei Orte zur Auswahl, dann verspreche ich, dir in meinem nächsten Brief mitzuteilen, wie viele Tage dein Gatte noch zu leben hat.

Ansonsten haben wir – während meiner Abwesenheit – hier in Gobsheim endlich ein wenig Schnee gehabt, und der Fluss ist vereist. Wie sieht es in Grothenburg aus?

Fragt Deine Dich liebende
Agnes

PS. Wieder kam mir ein Gedanke, als ich schon glaubte, den Brief beendet zu haben. Weißt du, ob irgendwer von Davids Seitensprüngen weiß? Freunde, Bekannte? Es kommt doch trotz allem vor, dass man lieber schweigt, obwohl man etwas weiß – aus irgendeiner falsch verstandenen Rücksichtnahme heraus wahrscheinlich, die eigentlich nur Feigheit und Bequemlichkeit zum Ausdruck bringt.

Und weiß irgendwer, dass du davon weißt? So auf die Schnelle kann ich nicht beurteilen, ob diese Fragen von Bedeutung sind oder nicht, aber du kannst doch immerhin ein wenig darüber nachdenken.

Die Hunde sind unruhig, vor allem Wagner. Vielleicht war es zu viel, sie für zwei Wochen bei den Barths abzuliefern, aber sonst hat es immer funktioniert. Vielleicht spielt es auch eine Rolle, dass Erich nicht mehr da ist, ja, natürlich: eine Art angehäufte Sehnsucht, die an die Oberfläche steigt, wenn auch ich eine Zeit lang verschwunden bin.

Auch ich ertappe mich dabei, dass ich ihn manchmal ein wenig vermisse. Erich, meine ich. Auch wenn wir in den letzten Jahren kein Liebesleben mehr hatten und einander eigentlich nie besonders nahe waren, so hat es doch gute Momente gegeben. Diese Erkenntnis kommt mir spät, vielleicht können wir uns selbst ja nur aus der Rückschau verstehen. Als ich mich für Erich entschieden habe, habe ich nicht Feuer oder Abenteuer gesucht, natürlich nicht, aber das Leben baut ja auch nicht vorrangig auf diesen Elementen auf. Sondern es fordert ihr Vorhandensein auf eine andere Weise. Als eine Art … ja, wie soll ich es nennen? … eine Art imaginärer Begleiter vielleicht? Als Möglichkeiten, die in den Kulissen stehen und dort auf ihren einen Auftritt warten.

Falls es sich ergibt.

Gerede. Ich bin müde. In New York konnte ich nicht schlafen. Das kam sicher vom Jetlag, aber andersherum ist es auch nicht besser. Oft bin ich gegen drei Uhr nachts aufgewacht und konnte dann stundenlang nicht wieder einschlafen. Versuchte zu lesen, aber meine Konzentration ließ mich im Stich. Schrieb zwei Briefe an Henny, riss sie dann aber in Fetzen. Am Ende habe ich mir meistens miese Filme im Fernseher angesehen oder auf meinem Discman Musik gehört. Coltrane und Dexter Gordon, zwei von Erichs Lieblingen, die ich übernommen habe. Da saß ich dann über den Magritte-artigen Unwegsamkeiten des Central Park und versuchte mir vorzustellen, was die Zukunft bringen wird. Wie das Leben in drei oder sechs oder zwölf Monaten aussehen wird. Ich empfand keine Unruhe, das tue ich auch jetzt nicht, ich verspürte nur eine Art zurückhaltender, widerwilliger Faszination. Ich hätte nicht damit gerechnet, noch einmal morden zu müssen, aber so ist es nun offenbar – diese Dinge sind eben unvorhersagbar, offenbar stehen jetzt andere Begleiter in den Kulissen, und wenn sie dann irgendwann hervortreten und sich vorstellen, haben wir plötzlich keine Wahl mehr. Wenn die Bühne vorbereitet ist, dann bleibt es eben dabei.

Noch habe ich zwei Wochen, ehe der Unibetrieb wieder losgeht. Das ist schön. Ich habe offenbar in diesem Winter ein unersättliches Bedürfnis nach Ruhe und Nachdenken. Ich treffe fast keine Menschen. Ich bin stattdessen mit den Hunden zusammen – und mit meinen Gedanken an meinen Geliebten und an die Zukunft.

***

Wir sitzen an einem Tisch in der Schulmensa, als ich sehe, dass Henny und Tristram Singh einander an den Händen halten. Es ist ein Freitag Anfang März, die Sonne wird durch die schräg stehenden Jalousien gefiltert und malt Tigerstreifen auf einen Teil von Hennys Haaren und ihre linke Schulter; wir sind ein halbes Dutzend, leere Kaffeetassen und ausgedrückte Kippen im Aschenbecher. Schulbücher. Herumliegende Spielkarten.

Sie halten sich auf gewisse Weise zärtlich an den Händen, fast schüchtern, ich glaube nicht, dass wir anderen etwas entdecken sollen. Sie machen es sozusagen halbwegs unter der Tischplatte versteckt. Oder vielleicht ist es auch anders. Vielleicht wollen sie im Grunde, dass wir sie entdecken, eben aufgrund dieser raffinierten Zurückhaltung?

Mir wird für einen Moment schwindlig, dann überkommt mich ein starkes plötzliches Gefühl von Übelkeit. Der Brechreiz, der in mir hochjagt, ist so heftig, dass ich ihn nur mit Mühe und Not unterdrücken kann. Ich springe auf, mein Stuhl kippt um, ich stürze wortlos hinaus.

Unten auf der Toilette gebe ich alles her, was ich an diesem Tag gegessen habe, was ich in meinem ganzen Leben gegessen habe, so kommt es mir vor, und während ich auf allen Vieren daliege und schluchze, setzen blitzende Kopfschmerzen ein. Messerscharf und weißglühend.

Was ist bloß los?, frage ich mich.

Muss ich sterben?

Es ist nicht der Tod. Es ist etwas anderes. Ich träume von diesen beiden miteinander verflochtenen Händen, die eine weiß, die andere von sanftem Bronzeton. Ich habe seit zwei Tagen nicht mit Henny gesprochen, was an sich schon ungewöhnlich ist; nach meinem Anfall in der Mensa bin ich zu Hause krank in meinem Bett gelegen, ich weiß übrigens gar nicht, ob ich krank bin, ich habe einfach nur beschlossen, eine Weile im Bett zu bleiben. Als Henny endlich anruft, sage ich, dass ich Fieber habe, ich stelle keine Fragen, und ich merke, dass Henny das Reden schwerfällt.

Meine Mutter ruft Dr. Moeßner an, aber der kann nichts feststellen. Seine vorläufige Diagnose lautet Überanstrengung, er empfiehlt Ruhe und Obstsaft.

Am Freitag, nach einer Woche, fühle ich mich besser und gehe wieder zur Schule. Ich habe eine Matheklausur verpasst, aber das ist ja nicht die Welt. Henny und einige andere aus der Klasse fragen, ob ich abends mit auf ein Bier komme. Ins Vlissingen, wie üblich, danach gibt es im Embargo Klub am Kleinmarkt ein Rockkonzert. Ich lehne ab, mit der Begründung, dass ich doch krank war, aber den ganzen Tag lasse ich Tristram und Henny nicht aus den Augen, sehe jedoch kein Händchenhalten und fange keine unangebrachten Schwingungen auf.

Aber ich bin erfüllt von einer Art Stummheit und einer unterdrückten Empörung, die ich fast nicht verbergen kann.

»Was ist eigentlich los mit dir?«, fragt Henny nach der letzten Stunde.

»Nichts«, sage ich. »Bild dir ja nichts ein.«

»Ich soll mir nichts einbilden?«, fragt Henny. »Was sollte ich mir denn einbilden?«

»Tu doch nicht so«, sage ich.

Es ist ein unglaublich blödsinniger Wortwechsel, aber wir führen ihn pflichtschuldigst durch. Henny mustert eine Weile ihre ziegelrot lackierten Fingernägel.

»Ist es wegen der Sache in der Mensa?«, fragt sie.

»Ich verstehe nicht, wovon du redest«, sage ich.

»Ist auch egal«, sagt Henny.

»Was ist egal?«, frage ich.

»Alles«, seufzt Henny. »Alles ist egal. Warum bist du eigentlich so gereizt?«

»Ich war krank«, sage ich.

Henny schaut auf die Uhr, und dann trennen sich unsere Wege.

In der folgenden Woche fährt meine Mutter zu einem Seminar an den Bodensee. Dienstag bis Donnerstag. Ich bin allein in der Wohnung. Am Mittwoch überrede ich Tristram Singh, mich abends zu besuchen und mir bei den Matheaufgaben zu helfen. Außer am Englischunterricht beteiligt Tristram sich jetzt intensiv an den Mathestunden; offenbar verfügt er in diesem Fach über größere Begabung und solidere Kenntnisse als wir anderen alle zusammen, und dass ich ihn bitte, braucht also nicht auf irgendwelche Absichten hinzuweisen. Das nun wirklich nicht. Seit meiner Krankheitswoche hänge ich nach, und dass meine Mutter verreist ist, erzähle ich ihm erst, als er bei mir auf dem Sofa sitzt.

Ich brauche drei Stunden und jede Menge schauspielerisches Talent (ich wusste gar nicht, dass ich es besitze), um ihn zu verführen; wir trinken eine Flasche Wein, die ich aus Mutters Vorrat stibitzt habe; ich habe noch niemals jemanden verführt, und es ist überhaupt mein erstes sexuelles Erlebnis.

Das gilt auch für Tristram. Das erzählt er nachher. Ich nehme seine Unruhe wahr, aber ich kann ihn trotzdem überreden, bei mir zu übernachten. Ein junger Inder darf doch nicht nach Wein und Liebe riechen, wenn er nach Hause kommt, sage ich. Er ruft seine Mutter an, sie reden ziemlich lange in einer Sprache, die ich nicht verstehe. Aber ich bekomme doch mit, dass er sie belügt. Sicher sagt er, dass er bei einem Jungen aus unserer Klasse zu Besuch ist und den letzten Bus verpasst hat.

Ich liebe seine Nacktheit, die seiner Seele und die seines Körpers. Wir schlafen in dieser Nacht nicht, wir berühren einander, so wie man einander nur beim allerersten Mal berühren kann. Und möglicherweise noch beim allerletzten. Wenn Becher und Inhalt eins sind. Wort und Hand. Gedanke, Mund und Geschlecht. Eine in eine Flasche gesteckte Kerze brennt neben uns, eine Woche darauf schreibe ich in einem Aufsatz über Feuer, das sich in weicher, bronzefarbener Haut spiegelt und schattiert und verwandelt.

Sieh dich vor, schreibt Frau Silberstein an den Rand.

Während des restlichen Schuljahres – bis seine Familie dann nach Delhi zurückkehrt – hält Tristram Singh keine Hände mehr. Nicht meine, nicht Hennys. Und auch sonst keine. Henny und ich gehen einander ein wenig aus dem Weg, aber später im Sommer fahren wir zusammen nach Kreta. Eines Abends landen wir in einer Kneipe, lassen uns mit Retsina und Tsipouro volllaufen, und danach liebt jede am Strand unter den Sternen einen griechischen Jüngling.

An Frau
Agnes R.
Villa Guarda
Gobsheim

Grothenburg, 14. Januar

Liebe Agnes,

wie lustig, dass du in New York warst. Ich liebe diese Stadt, wir haben ein Jahr dort gewohnt, als die Mädchen noch klein waren; David hatte einen Vertrag mit CBS und Remington. Wir hatten eine Wohnung in Brooklyn Heights gemietet, und du hast völlig Recht, wir müssen uns eine Woche im Big Apple gönnen. Oder in irgendeiner anderen Großstadt. Im Herbst oder im Winter, hoffe ich, ach, ich wünschte, wir wären schon so weit. Und alles wäre überstanden – aber ich bin felsenfest davon überzeugt, dass es gutgehen wird und dass wir uns bald wiedersehen können, davon bin ich wirklich überzeugt.

Und eine gute Nachricht ist, dass ich glaube, ein überaus ansprechendes Datum gefunden zu haben. Natürlich hast du das letzte Wort in dieser Frage, aber lass mich doch auf jeden Fall das Wochenende 14.–16. Februar vorschlagen, dann nimmt David in Amsterdam an einem internationalen Workshop für Theaterproduzenten (oder so etwas Ähnliches) teil.

Ich finde dieses Wochenende so passend, weil auch ich mich dann anderswo aufhalten werde. Mein Chef, Dr. Booms, will mir etwas Gutes tun und schickt mich deshalb zu einem kleinen Übersetzerseminar am SBS-Institut in München; wie David fahre ich am Freitagnachmittag und komme am späten Sonntagabend wieder nach Hause. Was könnte denn idealer sein, Agnes? Amsterdam und München liegen doch mindestens fünfhundert Kilometer auseinander, ein sichereres Alibi kann ich kaum finden.

Ich habe auch – natürlich hinter Davids Rücken – in Erfahrung gebracht, in welchem Hotel er wohnen wird, es heißt Figaro und liegt ziemlich zentral an der Prinsengracht. Ich weiß noch nicht genau, wo der Workshop stattfinden wird, aber wenn du auf diesen Vorschlag eingehst, werde ich mich natürlich darüber und auch über alle anderen Details informieren, die für uns vielleicht von Interesse sein könnten. Alles, um dich bei deinem Einsatz zu unterstützen.

Ich lege diesem Brief außerdem ein Foto von David bei, du hast ihn ja seit vielen Jahren nicht mehr gesehen, und die Zeit hat doch ihre Spuren hinterlassen, fürchte ich. Der Bart kommt und geht, ich glaube, das hängt mit seiner nicht enden wollenden Midlife-Crisis zusammen. Ab und zu möchte er wie ein distinguierter Herr mittleren Alters aussehen, dann wiederum glaubt er, wieder fünfundzwanzig zu sein. Ja, so sind die Männer eben, Agnes, aber das ist dir sicher nicht neu.

Egal. Wenn wir uns für diese Möglichkeit entscheiden,

liebe Agnes – Amsterdam Mitte Februar –, werde ich weitere dreißigtausend auf dein Konto überweisen. Sowie du mir grünes Licht gibst, meine ich. Dann steht die zweite Hälfte der Summe, fünfzigtausend, bis nach dem Mord aus. Ich glaube, in professionellen Kreisen macht man das so, das habe ich jedenfalls im Fernsehen so gesehen. Die Hälfte bei Unterzeichnung des Vertrages, die andere bei Lieferung – gib zu, dass wir immerhin eine gewisse Professionalität zeigen!

Was deine Frage im PS angeht – oder die Fragen, genauer gesagt –, kann ich mir sehr gut vorstellen, dass der eine oder andere Kollege (für die Kolleginnen gilt das sicher nicht) von David davon weiß, aber ich glaube nicht, dass irgendwer unserer so genannten engeren Bekannten eine Ahnung hat. Und ich kann dir versichern, dass weder David noch sonst irgendwer auch nur den geringsten Verdacht haben kann, dass ich ihm auf die Schliche gekommen bin. Es gehört doch zu den männlichen Grundirrtümern, dass sie glauben, wir seien so leicht hinters Licht zu führen, und in diesem Fall ist das nun wirklich kein Nachteil. Im Gegenteil, liebe Agnes, David hat nicht den geringsten Verdacht, du wirst eine lahme Ente erschießen, oder wie immer diese Redensart noch lautet.

Also schreib mir bald, Agnes, und sag, ob mein hier skizzierter Vorschlag dir zusagt. Sollte das nicht der Fall sein, wird uns natürlich etwas anderes einfallen. Aber wenn du annimmst, ja, dann müssen wir nur noch einen Monat warten, und das ist ein schönes Gefühl, das kann ich dir sagen. Ich stelle mir schon längst vor, dass David tot ist, und du hast ja keine Ahnung, wie anstrengend es ist, jeden Morgen ein passendes Frühstücksgespräch mit einer Leiche führen zu müssen.

Aber eigentlich geht alles gut, und auch wir haben jetzt reichlich Schnee.

Liebe Grüße,
Deine Henny

An Frau
Henny Delgado
Pelikanallee 24
Grothenburg

Gobsheim, 22. Januar

Liebe Henny,

danke für deinen Brief. Amsterdam! Witzig, dass gerade diese Stadt zum Schauplatz für unser kleines Drama werden soll. Weißt du noch, dass wir einmal zu Ostern ein paar Tage dort verbracht haben? Es muss in der vorletzten Klasse gewesen sein – Claus-Joseph und Ansgar waren auch dabei, ja, natürlich weißt du das noch. Du erinnerst dich bestimmt an die kleine Jugendherberge in der Ferdinand Bolstraat und die Dünen draußen bei Zandvoort. Claus-Joseph war so eifersüchtig, dass wir nur mit Mühe und Not bei einem Mann Kaffee bestellen durften. Those were the days, Henny!

Or rather, they were not.

Na ja, auch später war ich noch einige Male in Amsterdam, und ich kenne mich in dieser Stadt recht gut aus. Auch der Zeitpunkt kommt mir sehr gelegen; es ist zu Semesterbeginn, keine Zeit raubenden Klausurenkorrekturen oder so. Ich stelle mir vor, dass ich am Freitag mit dem Auto hinfahre, dann habe ich Zeit genug. Familie Barth wird sich um die Hunde kümmern, mir fällt schon ein Grund ein, warum ich übers Wochenende verreisen muss. Ich werde wohl kaum ein Alibi brauchen, aber ich glaube doch, dass ich lieber nicht im selben Hotel absteige wie dein Mann. Sondern in einem in der Nähe gelegenen vielleicht, an der Prinsengracht gibt es ja genug davon. Und du kannst dich darauf verlassen, dass ich meinen Auftrag auf die beste und effektivstmögliche Weise erledigen werde, Henny, Tatsache ist, dass mich das alles fast ein wenig erregt, das ist doch sicher leicht pervers? Es steigert jedenfalls auf eine seltsame Weise mein Lebensgefühl. Ich habe außerdem – für alle Fälle – im Wald meine Waffe ausprobiert. Sie funktioniert hervorragend, es ist möglicherweise ein kleines Problem, dass sie sehr laut ist, aber Herrgott, ein Knall in einer Großstadt? Es kann sich doch um einen defekten Auspuff handeln, oder um was auch immer. Und egal, für welchen Tatort ich mich nun genau entscheiden werde, ich werde mich ja danach sofort in Sicherheit bringen.

Also sehe ich überhaupt kein Risiko, liebe Henny. Wenn du mir nur noch weitere Einzelheiten bezüglich der Reisepläne deines Gatten mitteilen kannst, dann verspreche ich, ihn – ja, wenn ich in den Kalender auf meinem Schreibtisch blicke, dann sehe ich, dass hier nur noch von einer kurzen dreiwöchigen Frist die Rede ist –, da verspreche ich also, dass ich ihn zuverlässig in die ewigen Jagdgründe befördern werde.

Ansonsten finde ich, dass er durchaus in Schönheit gealtert ist. Ich habe ihn auf dem Foto sofort erkannt und bin hundertprozentig sicher, dass ich ihn auch bartlos identifizieren könnte (fünfundzwanzig Jahre, meine Güte, diese Eitelkeit!).

Vielleicht könntest du mir demnächst auch deine Handynummer und deine Hoteladresse in München nennen – denn es wäre doch nicht schlecht, wenn ich dir das Ergebnis mitteilen könnte, sowie ich zugeschlagen habe, nicht wahr, Henny? Per SMS oder so, wir werden uns schon auf einen Code einigen, ich glaube jedenfalls, wir brauchen einen Kommunikationskanal, der schneller geht als ein Brief, findest du nicht?

Na ja, diese Details können zwei Frauen wie du und ich natürlich leicht in den Griff bekommen. Auch dein finanzieller Plan spricht mich an; du musst verstehen, wie viel es mir bedeutet, in diesem Haus bleiben zu können, liebe Henny, und ich freue mich wirklich darauf, dich in einer nicht allzu fernen Zukunft als Gast bei mir willkommen heißen zu können.

Aber zuerst eine Reise im Herbst, wie gesagt.

Und zu allererst Amsterdam, vom 14. bis 16. Februar!

Schreibt Deine Dich liebende »Schwester«
Agnes

Es gibt eine Zeit, um zusammenzuleben, und es gibt eine Zeit, um sich zu trennen.«

Henny erwidert über die Kaffeetasse hinweg meinen Blick, und in ihrem Lächeln liegen Scherz und Ernst zugleich.

»Ich meine uns, Agnes«, fügt sie hinzu.

Erst nach dem Abitur – und nach unserem Sommer mit den kretischen Abenteuern – trennen sich unsere Wege zum ersten Mal, Hennys und meine. Am 1. Oktober immatrikuliert Henny sich für das Studienfach Romanistik mit Schwerpunkt Italienisch, ich habe schon mit Literaturwissenschaft angefangen. Wir sind uns in der Klostergasse über den Weg gelaufen und sitzen jetzt im Café Kraus.

Ich bin zu Hause ausgezogen. Durch einen glücklichen Zufall konnte ich eine Einzimmerwohnung im Geigerstieg mieten, nur einen Steinwurf von der Stefanskirche entfernt. Henny wohnt während des ersten Studienjahrs noch bei ihrer Mutter und ihrem Bruder.

»Das Leben ist keine Wanderung über ein offenes Gelände«, sage ich.

»Nett, dich zu treffen«, sagt Henny. »Aber jetzt muss ich los.«

Das Studium wird immer hektischer. Mit Ansgar und Claus-Joseph ist Schluss. Ich bringe eine Episode mit einem jungen Finnen namens Tapani hinter mich, er ist reizend und in jeder Hinsicht gut gebaut, aber seine tiefe Melancholie, die losbricht, sowie er zwei Glas intus hat, treibt mich von ihm fort. Im Oktober und November hat Henny eine kurze Affäre mit einem verheirateten Mann, sie erfährt von seiner Ehe erst, als seine Frau sie in flagranti ertappt und sie beide mit einem Golfschläger fast totprügelt. Nach diesem Zwischenfall beschließt Henny, erst einmal eine Ruhephase einzulegen. Sie hat gleich über dem linken Ohr eine tiefe Wunde im Kopf, die Narbe wird ihr Leben lang bleiben, aber solange sie keinen Kahlkopf bekommt, wird es niemandem auffallen.

»Ich hatte einen guten Schutzengel«, sagt sie.

»Du hattest das absolute Schweineglück«, sage ich.

»Wenn sie einen Eisenknüppel genommen hätte und keinen Holzschläger, dann wäre ich jetzt tot«, sagt Henny.

Anfang November trete ich dem Universitätstheater Thalia-Kompanie bei und bekomme fast sofort eine große Rolle in einer Inszenierung von Tschechows »Drei Schwestern«. Ich spiele im Dezember und Januar an acht umjubelten Abenden die Mascha. Wir sind zwar nur eine Amateurtruppe, aber wir bekommen doch in der Allgemeinen und im Volkstageblatt gute Rezensionen. In beiden wird betont, dass ich die Mascha kongenial gestaltet habe. Ich setze meine Literaturstudien fort, aber ich spiele immer stärker mit dem Gedanken, mich demnächst an einer Schauspielschule zu bewerben. Dafür brennt mein Herz, das spüre ich deutlich, ich finde es wunderbar, wenn der Vorhang aufgeht und wir vom Licht der Scheinwerfer geblendet werden. Ich finde es wunderbar, Menschen auf eine Weise zu berühren, die fast nur im magischen Raum des Theaters möglich ist.

Am 10. Januar heiratet meine Mutter ihren Chef, Zahnarzt Oldenburg. Sie verkauft die Wohnung in der Wollmarstraße und zieht zu ihm in sein Haus draußen in Grafenswald. Noch am Umzugsabend ruft mein Vater aus Saarbrücken an und berichtet, dass er an Hodenkrebs erkrankt ist.

»In beiden Hoden?«, frage ich.

»In beiden«, antwortet mein Vater. »Die ganze verdammte Scheiße.«

Er ist ziemlich untröstlich, und ich gebe mir alle Mühe, ihm Mut zuzusprechen.

Die Thalia-Kompanie wurde bereits im 18. Jahrhundert gegründet, und 1983 liegt die erste Vorstellung genau zweihundert Jahre zurück – es war Simson de Staëls »Ein Opfer«. Aus diesem Anlass und unter dem unmittelbaren Einfluss des Tschechow-Erfolges stellt die Unileitung Mittel zur Verfügung, um das Jubiläum in würdigem und künstlerisch akzeptablem Rahmen zu begehen. Die Theaterleitung überlegt, ob nicht de Staëls Stück wieder aufgeführt werden sollte, aber es gilt aus guten Gründen als veraltet. Also wird beschlossen, einen professionellen Regisseur anzuheuern, der ein Shakespearestück produzieren soll. Anfang Februar kommt unsere Truppe zusammen, und unser künstlerischer Leiter, Marcus Rottenbühle, der ansonsten am Philosophischen Institut unterrichtet, kann uns die freudige Mitteilung machen, dass es ihm gelungen ist, David Goschmann aus München und den Schauspieler Robert Kauffner für Shakespeares »König Lear« zu engagieren.

David Goschmann ist ein charismatischer Regisseur, der sich trotz seiner jungen Jahre bereits durch seine Inszenierungen von Klassikern in München einen großen Namen gemacht hat. Er hat außerdem zwei neue Stücke für das Fernsehen inszeniert, und es ist wirklich ein Triumph für Rottenbühle, dass dieser Mann ihm ins Netz gegangen ist.

Robert Kauffner ist ohnehin legendär.

»König Lear«, sagt Rottenbühle und zerwühlt seinen langen grauschwarzen Bart. »Das Stück aller Stücke! Zehn Rollen, dazu die von Kauffner. Genau richtig für uns.«

»Wie besetzen wir die Rollen?«, fragt Erwin Finckel, der in den »Drei Schwestern« den Tusenbach gespielt hat.

»Goschmann wird sie besetzen«, erklärt Rottenbühle. Er will ein klassisches Vorsprechen. Cordelia ist natürlich die wichtigste Rolle, aber bedeutend sind sie alle. Der Narr. Gloster. Edward und Edmund.

»Gonerill und Regan«, sage ich.

»Natürlich«, sagt Rottenbühle. »Große Frauenrollen, sie verlangen genaues Einstudieren.«

Aber ich habe mich schon entschieden.

Ich werde die Cordelia spielen. Und ich habe nicht vor, irgendetwas dem Zufall zu überlassen.

An Frau
Agnes R.
Villa Guarda
Gobsheim

Grothenburg, 30. Januar

Liebe Agnes,

jetzt haben wir uns also entschieden! Ich kann nicht leugnen, dass ich eine Erregung verspüre, die ich nur schwer unterdrücken kann. Wenn alles nach Plan läuft, wird er in zwei Wochen tot sein – und das passt eigentlich sehr gut, weil die Mädchen in der folgenden Woche Ferien haben, ich meine, dann leidet doch ihr Schulbesuch nicht unter der Sache.

Heute Morgen beim Frühstück hatte ich plötzlich das Gefühl, dass er etwas ahnt. Nein, Agnes, krieg jetzt keinen Schreck, ich meine nicht, dass David auf irgendeine geheimnisvolle Weise Wind von unseren Plänen bekommen hat, ich meine etwas anderes. Ein Hauch von Todesbewusstsein schien ihn zu streifen, so kam es mir vor, und ist es nicht so, dass Tiere (und auch Menschen, nehme ich an) spüren, wenn ihre Stunde näher rückt? Ich bilde mir ein, vor nicht allzu langer Zeit in irgendeiner Zeitschrift über dieses Phänomen gelesen zu haben. Er saß ganz ruhig da, trank seinen Morgenkaffee, hatte die Zeitung gegen den Toaster gelehnt, genauso, wie er das immer macht – aber auf einmal schaute er auf und sah mich einige Sekunden lang mit einem ganz besonderen Ausdruck in den Augen an. Dann lächelte er und sagte, dass er mich trotz allem liebe und dass ich auf mich aufpassen solle.

Trotz allem, hat er gesagt.

Ich fragte, warum er das gesagt habe, und was mit »trotz allem« gemeint sei, aber er musterte mich nur weiter mit diesem ernsten Lächeln, und dann stieß Rea ihr Saftglas um, und der Augenblick war verflogen.

Aber es war so stark, Agnes, und es hat mich den ganzen Tag verfolgt – vielleicht empfinde ich doch eine gewisse Trauer darüber, dass es nun einmal so kommen muss. Glaub bitte um keinen Preis, dass ich unseren Entschluss jetzt bereue, liebe Agnes, das nun wirklich nicht – aber alles in allem ist es doch kein Vergnügen, sich eines Menschen entledigen zu müssen, mit dem man bis zum Lebensende zusammen sein wollte.

Aber so ist es nun einmal, und wenn ich daran denke, wie er sich aufgeführt hat, dann empfinde ich sofort ganz anders. Das Schwein muss sterben, denke ich, und dann stellt sich langsam diese Erregung wieder ein. Zwei Wochen, Agnes!

Jetzt muss ich allerdings diesen ganzen Gefühlskram ruhen lassen und mich Fragen eher praktischer Natur zuwenden. In den vergangenen Tagen habe ich überlegt, was die Polizei wohl denken wird, wenn sie Davids Leichnam findet. Bestimmt werden sie ein wenig über das Motiv herumrätseln, darüber, was sozusagen dahintersteckt. Und vielleicht sollten wir auch ein wenig darüber nachdenken, Agnes. Sollten wir das Ganze nicht wie etwas aussehen lassen, das es gar nicht ist? Sicherheitshalber, meine ich. Mit anderen Worten, wir sollten der Polizei eine Art Motiv servieren. Ich halte das für richtig so, und die einzige Lösung, die mir einfällt, ist, dass wir uns auf einen Raubmord einstellen müssen. Auf jeden Fall kommt mir das so am einfachsten vor. Wenn du David einfach von seiner Brieftasche und seiner Rolex befreist, nachdem du ihn erschossen hast, müsste alles klar sein. Die Polizei wird den Täter für irgendeinen armseligen Herumtreiber halten, dem es um Geld ging, einen Junkie vielleicht, und warum sollte sie das nicht denken? Vor allem, wo sie doch gar keinen Grund hat, etwas anderes zu vermuten.

Bist du meiner Ansicht, Agnes? Soweit ich das sehen kann, dürfte es nicht weiter problematisch sein. Egal, unter welchen Umständen du ihn erschießt (in einem Zimmer? in einer dunklen Gasse?), es kann doch nur ein paar Sekunden dauern, die Hand in seine Jackentasche zu stecken und dir seine Brieftasche zu schnappen. Und seine Armbanduhr ist wirklich ein ziemlich auffälliges Teil, es wäre zweifellos seltsam, wenn ein Raubmörder die nicht einsteckte. Aber sie lässt sich sehr leicht öffnen, also mach dir keine Sorgen, Agnes ... und wenn er im Bett liegt, wenn du zuschlägst, dann hat er sicher vorher Brieftasche und Uhr auf den Nachttisch gelegt, das macht er immer so.

Na ja, du kannst ja über diese Fragen noch nachdenken und mir dann sagen, wie du das siehst. Aber jetzt zu etwas anderem – nämlich zu den Details von Davids Amsterdam-Aufenthalt. Ich habe ganz einfach seine Mails durchgesehen und dort ohne Probleme das Programm für den Workshop gefunden.

Das ganze Seminar findet an einem Ort statt, der Niels-Franke-Instituut heißt oder einfach Franke-Instituut, er liegt auch ziemlich zentral, am Rand des Vondelparks, und es geht am Freitag um 18 Uhr mit einer Art Willkommensempfang los. Am 14. also. Am Workshop nehmen 82 Leute teil, und direkt nach diesem Empfang wird im Institut gegessen, deshalb nehme ich an, dass David erst ziemlich spät ins Hotel (Figaro, Prinsengracht 112, wie ich schon geschrieben habe) zurückkehren wird. Am Samstag tagen sie von 10 bis 18 Uhr, danach wird gegessen, am Sonntag treffen sie sich zwischen 10 und 15 Uhr. Natürlich wird David sich am Freitag- und am Samstagabend noch in irgendeiner Bar mit Kollegen treffen … falls er nicht eine andere Person treffen will.

Und falls nicht noch eine ganz andere Person allen Treffen bereits ein Ende gesetzt hat. Ja, ich weiß ja nicht, wie du am besten vorgehen solltest, liebe Agnes. Oder wann. Auf irgendeine Weise musst du ihn wohl ein wenig beschatten, vielleicht solltest du abends vor dem Institut in einem Auto auf ihn warten? In dieser Hinsicht kann ich dir ja leider nicht helfen, ich muss mich darauf verlassen, dass dir ein Plan und eine Methode einfallen werden. Vielleicht wäre es trotz allem das Allereinfachste, wenn du dich im Hotel verstecktest und dort einfach auf ihn wartest? Aber wie einfach – und wie riskant – wäre das denn wirklich? Ich weiß nicht, wie groß das Figaro ist, je größer, desto besser, will mir scheinen – aber egal, es ist natürlich deine Sache, das herauszufinden. Ich bin jedenfalls ziemlich sicher, dass er zuerst im Hotel einchecken wird, ehe er am Freitag zu diesem Empfang geht; er fährt mit der Bahn und wird schon um 15.15 Uhr in Amsterdam am Hauptbahnhof eintreffen, in seinen Mails habe ich nämlich auch eine Bestätigung des Reisebüros gefunden. Vielleicht wäre es eine Idee, wenn du schon zu diesem Zeitpunkt dort wärst? Vielleicht kannst du gleich dann zuschlagen?

Aber genug davon, und wie gesagt, in die eigentliche Ausführung will ich mich nicht einmischen. Das ist deine Aufgabe, Agnes, und ich verlasse mich darauf, dass du sie zu unserer vollen Zufriedenheit löst. Ich habe außerdem, wie wir verabredet hatten, weitere dreißigtausend auf dein Konto überwiesen, und gerade geht mir auf, dass es nicht leicht für dich sein würde, zu erklären, woher dieses Geld stammt, aber wir werden natürlich niemals in diese Lage geraten. Es gibt keine – wirklich absolut keine – Verbindung zwischen dir und David, das ist doch die eigentliche Voraussetzung für unser Vorhaben.

Ich sehe auch ein, dass wir nicht mehr viele Briefe wechseln können, bis es soweit ist – jede kann wohl noch einen schreiben –, und dass du natürlich Recht hast, wenn du vorschlägst, dass wir am fraglichen Wochenende raschere Kommunikationskanäle benutzen.

Ich habe mir in München in einem Hotel namens Regina ein Zimmer genommen, es liegt in der Hildegardstraße, nicht weit vom Marienplatz. Meine Handynummer ist 0691451452, und ich habe einen Vorschlag.

Wenn du deinen Auftrag durchgeführt hast, dann rufst du mich an und hinterlässt eine fiktive Mitteilung, du kannst sie dir selbst aussuchen – nur vergiss nicht, mir im nächsten Brief den genauen Wortlaut mitzuteilen.

Wenn es aus irgendeinem Grund Probleme gibt, dann sagst du etwas anderes – und wenn ich dich anrufen soll, dann hinterlässt du einen dritten Bescheid. (Es ist schon seltsam, dass wir nach all den Plänen und den vielen Briefen noch nicht miteinander gesprochen haben, Agnes, es wird so schön sein, endlich wieder deine Stimme zu hören.)

Na, sag, was meinst du? Schlicht und pfiffig, oder wie? Teil mir in deinem nächsten Brief deine drei Codes mit, einen für OK, alles klar, einen für Probleme und einen für Ruf mich an, ich nehme an, das wird der Letzte (oder der Vorletzte?) sein, bis es so weit ist.

Der Rest ist Alltag, liebe Agnes. Das Leben geht seinen geregelten Gang, die Mädchen hatten beide eine leichte Grippe, David und ich sind davon verschont geblieben.

Und der Schnee liegt noch immer.

Lass bald von dir hören,
wünscht Deine Dir verbundene
Henny

PS. Was machen wir mit den Briefen, liebe Agnes? Es ist ja inzwischen eine ganze Sammlung, es wäre mir zuwider, sie zu verbrennen, aber vielleicht wäre das klüger so?

An Frau
Henny Delgado
Pelikanallee 24
Grothenburg

Gobsheim, 2. Februar

Liebe Henny,

danke für deinen langen Brief. Ja, jetzt geht es im Sauseschritt auf die Große Nacht zu (den Tag? den Morgen?). So wie du empfinde auch ich natürlich eine gewisse Erregung, bin im tiefsten Herzen aber zugleich gelassen. Vielleicht liegt es daran, dass ich in dieser Sache gefühlsmäßig nicht so engagiert bin wie du, Henny. Ich führe einen Auftrag durch, tue einer lieben Freundin einen Gefallen und werde dafür bezahlt. So einfach ist das im Grunde. Wir dürfen nicht vergessen, dass in Europa jeden Tag Tausende von Menschen ermordet werden, David wird nur ein kleiner Bruchteil der Statistik sein.

Aber trotzdem müssen wir natürlich mit äußerster Vorsicht ans Werk gehen, also danke ich dir für alle deine Informationen, Henny. Wie ich es sehe, werde ich allerlei mögliche Alternativen haben. Ich werde schon am Donnerstagnachmittag nach Amsterdam fahren (glücklicherweise brauche ich am Freitag nicht zu unterrichten, und die Barths nehmen die Hunde gern, vor allem ihre Töchter von zehn und zwölf sind hin und weg von Wagner und Bartok) – deshalb werde ich ein wenig rekognoszieren und ihn dann am Hauptbahnhof erwarten können. Ich habe ein Zimmer in einem Hotel in der Nähe des Leidse Plejn bestellt, wo ich schon einmal gewohnt habe, es liegt nur zweihundert Meter vom Figaro entfernt, das habe ich auf dem Stadtplan nachgesehen.

Tatsache ist, dass ich auch das Franke-Instituut kenne, ich habe da vor zehn oder zwölf Jahren einmal einen Kurs besucht. Es hängt irgendwie mit der Universität zusammen, wenn ich mich da nicht irre.

Was die Raubmordidee angeht, bin ich da ganz deiner Meinung. Natürlich müssen wir für die Polizei alles so plausibel wie möglich erscheinen lassen. Wie sieht es aus, willst du Brieftasche und Rolex zurückhaben, oder ist es sinnvoller, wenn ich mich ihrer entledige? Witzigerweise hatte auch mein Mann eine Rolex (auf die sein gieriger Sohn aus irgendeinem Grund noch keine Ansprüche erhoben hat), und ich habe für beides wirklich keinerlei Verwendung.

Aber am Allerwitzigsten war es natürlich, mir diese Codes zu überlegen. Ich finde wie du, dass wir drei verschiedene brauchen, und ich finde es sehr großzügig von dir, mir die Formulierung zu überlassen. Also bitte sehr, hier sind sie:

1) Wenn David tot ist und alles seine Ordnung hat – *Guten Tag, George, hier ist Tante Beatrice. Ich wollte nur sagen, dass die schwarzen Stockrosen bestellt und be-*

zahlt sind und am Dienstag geliefert werden. Du brauchst mich nicht anzurufen, das kostet nur unnötig Geld. (Natürlich hat die Anruferin hier, wie in den anderen Fällen, die falsche Nummer erwischt.)

2) Wenn etwas schief geht, du dich aber nicht zu melden brauchst: *Hallo, Liebling. Hier ist Maud. Ich verspäte mich ein wenig, aber wir können doch nachher ins Restaurant gehen. Kuss, Kuss.*
3) Wenn du mich anrufen sollst: *Guten Tag. Hier spricht das Finanzamt. Bitte melden Sie sich sofort bei Sachbearbeiter Hilmer unter der Nummer 1316646960. Danke.*

Ziemlich pfiffig, oder, Henny? Und dann brauchst du natürlich auch meine Handynummer – ja, da kannst du die von Herrn Hilmer einfach umdrehen: 0696466131.

Ja, liebe Henny, und das war es dann wohl. In elf Tagen setze ich mich ins Auto und steuere Kurs auf Amsterdam. Ich hoffe, wir können bis dahin noch einige briefliche Worte wechseln, aber meiner Ansicht nach gibt es wohl keine Details mehr, die wir durchsprechen müssten. Ich bin davon überzeugt, dass alles problemlos laufen wird und – das ist ein Wunsch, den du in einem früheren Brief einmal geäußert hast – dass dein Gatte zu Ostern nicht mehr unter den Lebenden weilen wird.

Und – das hätte ich fast vergessen – danke für das Geld. Um die Sache mit dem Haus zu klären, brauche ich nur an die Achtzigtausend, aber der Rest wird mir natürlich wie gerufen kommen, wenn wir im Herbst auf Reisen gehen. Nicht wahr, Henny? Du hast ja keine Ahnung, wie sehr ich mich darauf freue.

Ich hoffe, du bleibst weiterhin von der Grippe verschont, hier in Gobsheim hat sie sich in diesem Jahr noch nicht blicken lassen, aber man kann natürlich niemals sicher sein.

Findet
Deine treue Freundin
Agnes

PS. Die Briefe, ja! Ich fürchte, du hast Recht. Wir müssen sie wohl verbrennen. Aber damit können wir ja bis zum letzten Moment warten, ich lese sie immer wieder so gern.

Die große Angst.

Sie überwältigt mich heute auf der Rückfahrt von H-Berg. Es ist ein durch und durch physisches Gefühl von etwas Großem und Unvermeidlichem, es ist so stark, dass ich in Atemnot gerate, ich muss anhalten und aus dem Wagen steigen. Da stehe ich dann trotz des zähen Nieselregens, rauche eine Zigarette und versuche, mich zu beruhigen.

Ich befinde mich am Ortsrand von Wurms, unter mir liegt das Leuwelstal, hinter mir die alte Steinkirche. Nebel hängt über der Landschaft, die Dämmerung muss langsam der Dunkelheit weichen. Irgendwo oben am Hang ist jemand mit einer Motorsäge am Werk, auf dem Friedhof läuft ein Mann mit einem Spaten über der Schulter umher.

Ich lehne am Auto und versuche zu begreifen, was mich da überkommen hat. Ich habe das Gefühl, von Zeichen umgeben zu sein, die ich nicht deuten kann. Kirche, Auto, Mann, Spaten, Nebel, Dunkelheit, Klang, Kälte.

Aber vielleicht liegt alles nur an der Einsamkeit. An meiner Einsamkeit in diesem Projekt, ich muss ja alles selbst machen. Habe keinen Menschen, mit dem ich reden könnte, nicht einmal ihn, und wie soll ich wissen, dass ich alles richtig beurteile? Wie?

Ich werde auch später mit niemandem reden können, niemals werde ich die Bestätigung erhalten, dass ich mich richtig verhalten habe – und wie kann ich sicher sein, dass ich damit werde leben können? Dass ich nicht zusammenbrechen werde, was bedeuten würde, dass alles vergebliche Mühe war?

Und wie soll ich diese plötzliche Angst beurteilen? Diese Schwäche. Wenn sie einfach etwas Vorübergehendes ist, dann ist es nur richtig, wenn ich sie bekämpfe, aber wenn es sich um etwas eher Grundlegendes handelt, wie soll es dann weitergehen?

Noch ist es nicht zu spät, noch gibt es einen Weg zurück. Das bilde ich mir zumindest ein, aber wenn ich ehrlich sein will, kann ich nicht überblicken, was es bedeuten würde, jetzt auszusteigen. Ich habe mich so lange auf diesen Weg konzentriert, Wochen und Monate.

Nächte.

Ich drücke die Zigarette aus. Noch immer spüre ich die Unruhe im Leib, sie zittert wie ein Anfall von Übelkeit oder einsetzendes Fieber, ich sehe, dass der Dorfkrug in Wurms geöffnet hat, und gehe dorthin. Bitte Herrn Kammerer um ein Glas Rotwein und setze mich mit einer Zeitung in die Ecke.

Vielleicht liegt es an den Briefen. Bei den letzten habe ich einen starken Widerwillen empfunden, nicht dagegen, ihre zu lesen, sondern dagegen, selber welche zu schreiben. Als ich den letzten geschrieben habe, war ich beschwipst, anders konnte ich meinen Ekel nicht überwinden, und ich nehme an, dass ich auch das nächste Mal zu diesem Mittel greifen werde. Aber der wird dann sicher der letzte sein, für weitere gibt es ja wohl kaum noch Zeit.

Ich trinke den Wein aus und rauche noch eine Zigarette. Herr Kammerer will mein Glas wieder füllen, aber ich lehne dankend ab. Mehr brauche ich nicht, nur diesen kleinen Tropfen Alkohol im Blut, und ich fühle mich wieder normal. Vielleicht ist es also doch nicht so schlimm. Ich bezahle, danke ihm und spaziere durch die Dunkelheit zurück zu meinem Wagen. Es regnet jetzt heftiger, nach nur hundert Metern bin ich bereits durchnässt.

Zu Hause versuche ich, mich auf das morgige Seminar über die Brontë-Schwestern vorzubereiten. Ich blättere ein wenig in »Wuthering Heights« und denke über den Widerspruch von Liebe und Moral nach.

Ich überlege mir, dass sie unter dermaßen unterschiedliche Kategorien fallen, dass man sie eigentlich überhaupt nicht zueinander in Beziehung setzen dürfte. Trotzdem macht man es immer wieder. Aber auf welcher angemessenen Ebene sollte ein Schachspieler gegen einen Sumo-Ringer antreten? Was für ein seltsames Bild, darüber muss ich lachen.

Man kann eine Ente nicht mit einem Fisch paaren, stelle ich außerdem fest. Keine von uns hatte damals Recht.

Und keine hat sich geirrt.

Vielleicht ist das auch jetzt noch so. Wir sind Figuren und Steine in einem Spiel, das seiner selbstverständlichen Lösung entgegengeht. Wenn wir beschließen, die Partie zu Ende zu spielen, heißt das, und ich bin sicher, dass hier unsere Wahl liegt und sonst nirgends. Spielen oder nicht spielen.

Ich mache wegen des Regens an diesem Abend mit den Hunden nur einen kurzen Spaziergang. Trinke zwei Gläser Wein und liege schon um elf im Bett. Bete um eine traumlose Nacht.

***

»Und was ist denn nun das Besondere an König Lear?«

Wir sitzen nach dem Schwimmen in der Sauna. Henny hebt ihre Brüste hoch, betrachtet sie und wiegt sie in der Hand.

»Die linke ist größer als die rechte, oder nicht?«

»Soll ich zuerst die Brust- oder die König-Lear-Frage beantworten?«

Sie denkt nach und lässt ihre Brüste los.

»Verzeihung. Also, was ist das Tolle an diesem Stück? Ich habe es noch nie gesehen.«

»Man braucht es nicht zu sehen«, sage ich. »Es reicht, es zu lesen.«

»Gelesen hab ich es auch nicht. Hältst du mich für eine Ignorantin?«

»Nicht mehr als sonst«, sage ich freundlich. »Schütt noch Wasser auf, bitte, wir wollen hier doch nicht frieren. Es handelt von einem alten Mann und seinen drei Töchtern.«

»So viel weiß ich immerhin auch.«

»Zwei Töchter sind machtgeil und egoistisch, die dritte ist gut.«

»Cordelia?«

»Ja. Der alte Lear teilt sein Reich zwischen seinen Töchtern auf, aber er will unbedingt der das meiste geben, die ihn am innigsten liebt. Cordelia liebt ihren Vater, verhält sich aber bescheiden und bekommt nichts, der arme König legt sein Leben in die Hände der beiden anderen Töchter. Er verstößt die gute Tochter, und damit setzt sein Niedergang ein … die Schlussszene zwischen dem verrückt gewordenen König und der toten Cordelia ist so ungefähr das Stärkste, was man auf die Bühne bringen kann.«

»Tot?«

»Ja.«

»Und die willst du spielen? Die gute tote Tochter?«

Ich nicke. Weise darauf hin, dass sie ja nur am Ende tot ist.

»Das bedeutet wohl sehr viel für dich?«

Ich starre sie gereizt an. Sie spielt schon wieder an ihren Brüsten herum.

»Natürlich bedeutet das viel für mich!«, sage ich. »Warum sollte ich mich für etwas engagieren, das nichts bedeutet? Wenn ich die Cordelia spielen kann und mit Kauffner auf der Bühne stehe und alles gutgeht, ja, dann gibt es keinen Grund, nicht weiterzumachen. Der Sache eine wirkliche Chance zu geben.«

»Einer Karriere als Schauspielerin?«

»Nein, als Klempnerin.«

»Hm. Aber du bist doch nicht die Einzige, die diese Rolle will?«

Ich seufze und überlege. Nein, natürlich nicht. Das Lustige ist, dass wir wieder drei Schwestern spielen. Zuerst

Tschechow, dann Shakespeare. Renate und Ursula, die Olga und Irina gespielt haben, wünschen sich natürlich auch die Rolle der Cordelia, alles andere wäre doch Irrsinn. Und es scheint noch zwei weitere Bewerberinnen zu geben. Die Thalia-Kompanie hat aus irgendeinem Grund neue Mitglieder bekommen.

»Alles klar«, erklärt Henny nach einer Weile. »Goschmann und Kauffner sind also nicht irgendwer?«

»Nicht direkt«, sage ich.

»Und wie geht die eigentliche ... wie nennt sich das? ... Auswahlprozedur vor sich?«

»Das Vorsprechen«, erkläre ich. »Wir müssen zwei Szenen einstudieren. Eine ganz zu Anfang, eine gegen Ende. In zwei Wochen wird Goschmann einen ganzen Tag hier verbringen und uns beurteilen.«

Wir verlassen die Sauna und stellen uns unter die Dusche. Ich sehe, dass Henny nachdenklich ist und jetzt wohl weiß, was Sache ist. Sie kneift die Augen zusammen und saugt an einer Haarsträhne, wie sie es schon mit elf oder zwölf getan hat. Ich denke, dass ich sie besser kenne, als sie sich selbst kennt.

»Kann ich dir irgendwie helfen?«, fragt sie, als wir im Umkleideraum stehen.

»Ja, bitte«, sage ich. »Ich brauche eine, mit der ich üben kann.«

»Mich?«, fragt Henny mit einem plötzlichen, infantilen Lachen.

»Dich«, sage ich. »Wir fangen heute Abend an. Wir haben vierzehn Tage.«

»Nun du, unsre Freude, nicht die geringste«, murmelt Henny, *»obgleich die letzte, deren jugendliche Liebe das weinvolle Frankreich und das milchtriefende Burgund zu gewinnen streben, was sagst du, ein drittes noch reicheres Loos zu ziehen als deine Schwestern?«*

»Nichts, Milord«, sage ich.

»Gut«, sagt Henny.

»Du sollst meine Repliken nicht kommentieren«, sage ich. »Du sollst die Gegenrolle spielen.«

»Ja, sicher«, sagt Henny. »Noch mal. *Was sagst du, ein drittes, noch reicheres Loos zu ziehen als deine Schwestern?«*

»Nichts, Milord«, sage ich noch einmal.

»Nichts«?

»Nichts.«

Henny schnaubt. *»Aus nichts kann nichts entspringen, rede noch einmal.«*

»Ich Unglückliche«, sage ich und schlage die Augen nieder, *»daß ich mein Herz nicht bis in meinen Mund hinaufbringen kann. Ich liebe Eure Majestät so viel als es meine Schuldigkeit ist, nicht mehr und nicht weniger.«*

»Das ist gut«, sagt Henny. »Mein Herz nicht bis in meinen Mund hinaufbringen kann.« »Total gut.«

»Natürlich ist das gut«, sage ich gereizt. »Das ist König Lear. Das ist Shakespeare.«

»Alles klar«, sagt Henny. »Entschuldige. Wir fangen noch mal von vorn an, diesmal werde ich dich nicht unterbrechen.«

»Von Anfang an«, sage ich.

Wir gehen dreimal die Woche schwimmen, und nach jedem Schwimmen üben wir. Insgesamt sechsmal während dieser vierzehn Tage. 1. Aufzug, Szene 2, und 4. Aufzug, Szene 10. In der späteren Szene spielt Henny Kent, den Arzt und Lear, und schon nach dem zweiten oder dritten Versuch können wir unsere Rollen auswendig. Ich merke, dass Henny offenbar auch zu Hause übt.

Dann fängt sie an, mir gute Ratschläge zu geben.

»Weicher«, sagt sie. »Ich finde, du solltest versuchen, so tonlos wie möglich zu sein.«

»Tonlos?«, frage ich.

»Ja, so«, sagt Henny. »*O! Ihr gütigen Götter, heilet diesen großen Bruch in seiner zerrütteten Natur! O windet auf die tonlosen verstimmten Sinne dieses in ein Kind verwandelten Vaters.*«

Sogar das kann sie auswendig.

»Sie bittet, auch wenn sie es im Grunde nicht wagt, auf ein Ergebnis zu hoffen«, erklärt Henny. »Ich glaube, so ist das gemeint. Du musst so leise sein, wie du das überhaupt nur kannst. Aber natürlich musst du auch gehört werden.«

Ich denke nach und versuche es.

»Gut«, sagt Henny. »Viel besser, ich wusste ja gar nicht, dass Theater so spannend ist.«

Wir üben und üben. Wenn wir das Gefühl haben, dass wir Worte und Tonfall richtig getroffen haben, trainieren wir Mimik und Körperhaltung. Henny ist begeistert und hat immer neue Ideen. Am Tag vor dem Vorsprechen üben wir bis Mitternacht. Ich probiere auch ein Kleid an, das ich tragen will – es ist einfach ein schlichtes weißes Baumwollkleid, aber es ist lang, und ich kann darunter barfuß sein, ohne dass man es merkt. Ich habe an sich ja keine Ahnung, wie Goschmann das sieht, aber ich möchte unter meinen nackten Füßen die Bretter spüren, wenn ich auf der Bühne stehe. Falls die Rolle das zulässt, natürlich nur. Es gibt mir eine Art Kraft, die ich bis in die Stimmbänder spüre.

»Wir müssen jetzt wohl aufhören«, sage ich endlich. »Ich komme morgen ja als Erste an die Reihe. Um elf. Und ich muss mir auch noch die Haare waschen.«

»Vergiss nicht, sie offen zu tragen«, sagt Henny.

»Bist du dir da sicher?«

»Absolut«, sagt Henny. »So bist du am schönsten. Und wenn es möglich ist, sollten Schönheit und Güte Hand in Hand gehen.«

Das klingt wie etwas aus unseren Aufsätzen für Frau Silberstein. Wir umarmen uns und nehmen Abschied.

»Viel Glück«, sagt Henny. »Tu dein Bestes und bleib bescheiden. Ich drücke dir die Däumchen.«

»Tu das«, sage ich. »Ich danke dir sehr für deine Hilfe, Henny.«

An Frau
Agnes R.
Villa Guarda
Gobsheim

Grothenburg, 10. Februar

Liebe Agnes,

danke für deinen Brief, es war so witzig, ihn zu lesen. Leider wird es jetzt ja wohl nicht mehr viele geben, und – und das tut mir wirklich weh – leider ist es wohl jetzt auch an der Zeit, die gesamte Korrespondenz zu verbrennen. Ich habe heute Abend alle deine Briefe noch einmal gelesen, es sind immerhin neun Stück; David ist zu irgendeiner Besprechung, und die Mädchen schlafen. Aber ich erwarte noch eine Zeile von dir, ehe ich alles dem Feuer anvertraue, ich stelle mir vor, dass du kurz vor deinem Aufbruch nach Amsterdam von dir hören lässt – ja, kannst du nicht so lieb sein und mir spätestens am Donnerstag noch einen kleinen Gruß schicken, den kann ich dann lesen, ehe ich nach München fahre. Ich muss am Freitag gegen drei Uhr los.

Ich habe auch mein Programm für die Übersetzungstage bekommen (so wird das genannt), es kam ja wirklich ein wenig spät, aber das spielt vielleicht keine so große Rolle. Ich werde jedenfalls den gesamten Samstag und Sonntag beschäftigt sein (ich denke hier an mein Alibi, das hast du sicher schon erraten), aber am Freitagabend gibt es kein Programm, ich werde also dafür Sorge tragen, dass ich mindestens zweimal in der Hotelrezeption gesehen werde. Vielleicht gibt es da ja auch ein Restaurant, in dem ich einige Stunden verbringen kann.

Wenn du bereits am ersten Abend zuschlagen solltest.

Ja, schreib mir noch eine Zeile, liebe Agnes, bitte. Eigentlich habe ich im Moment nicht mehr auf dem Herzen, es ist Montag, und nächste Woche um diese Zeit haben wir alles hinter uns. Es ist ein seltsames und befreiendes Gefühl. Als ich heute an Kemperlings Laden vorüberging, du weißt doch, der, der auf dem Großen Platz neben Kraus liegt, sah ich im Fenster ein schwarzes Kleid. Wenn es dann noch da ist, werde ich es nächste Woche kaufen, fast hätte ich es heute schon gemacht, konnte mich aber gerade noch zusammenreißen. Es könnte doch auffällig wirken, wenn die Witwe sich das Trauerkleid schon kauft, während ihr Mann noch am Leben ist. Oder, Agnes?

Egal, mögen die Götter uns nun gnädig sein. Ich verlasse mich darauf, dass du deine Nerven im Griff hast. Ich habe deine phantasievollen Codes gut im Gedächtnis und freue mich auf a) einen kurzen Brief von dir am Donnerstag oder Freitag und b) einen Anruf irgendwann am Wochenende.

Ansonsten ist es hier in Grothenburg regnerisch und neblig, aber die Grippe scheint für diesmal zu Ende zu sein. Jetzt höre ich Davids Schritte auf der Treppe, ich höre also ganz schnell auf.

Deine Henny

PS. (Dienstagmorgen). Bitte, Agnes, ruf sofort an, auch wenn es mitten in der Nacht ist. Ich muss einfach Bescheid wissen, sowie es passiert ist.

PPS. Und vergiss ja nicht, ebenfalls alle Briefe zu verbrennen, Agnes! Es wäre doch entsetzlich, wenn sie in die falschen Hände fielen!

An Frau
Henny Delgado
Pelikanallee 24
Grothenburg

Gobsheim, 12. Februar

Liebe Henny,

jetzt ist es spät am Mittwochabend. Morgen habe ich zwei Vorlesungen, danach setze ich mich gleich ins Auto und fahre nach A. Wenn nicht zu viel Verkehr ist, müsste ich gegen neun Uhr dort sein.

Danach werde ich mich in meinem Hotel ausschlafen und dann bereit sein, deinen Mann um Viertel nach drei in Amsterdam am Hauptbahnhof in Empfang zu nehmen.

Und wie es weitergeht, werden wir ja sehen.

Ich habe meine Waffe und die Munition in meine Reisetasche gepackt, hielt die Pistole ziemlich lange in der Hand, ehe ich mich davon trennte. Es kommt mir seltsam vor, dass dieser kleine Metallgegenstand einen Schlusspunkt hinter ein Leben setzen soll, einfach durch einen kleinen Druck meines Zeigefingers. Unsere ganze Planung und die viele Mühe münden also in eine schlichte Fingerbewegung, ich musste einfach über die Frage nachdenken, ob das etwas über unser Leben aussagt. Ich meine unser aller Leben, die ihm innewohnende Verletzlichkeit – und ist es nicht so, dass es sich nach einer gewissen Zeit verengt, statt sich zu erweitern? Das Leben. Ich glaube das. Aber wann passiert es, Henny? Von welchem Moment an wird unser Lebensweg plötzlich enger statt weiter? Wann beginnen wir – zielgerichtet oder im Unterbewusstsein oder in einer Kombination aus beidem –, eine engere Richtung einzuschlagen? Denn sicher ist es so, liebe Henny, dass auch wenn ich spüre, dass sich für uns neue Möglichkeiten eröffnen werden, wenn wir das hier erst einmal hinter uns haben (Wiedersehen, Gespräche, Reisen ...), ich doch zugleich das Gefühl habe, dass alles immer enger wird.

Oder vielleicht irre ich mich da auch. Ich habe wieder Wein getrunken. Vielleicht bringen meine Gedanken nur zufällige Stimmungen und den Regen zum Ausdruck, der unaufhörlich gegen die Fensterscheiben prasselt. Auf jeden Fall verspreche ich dir, in A. einen großen Bogen um Wein und Schnaps zu machen. Zumindest, bis ich meinen Auftrag ausgeführt habe.

Aber ich bin wirklich nicht unruhig, eher freue ich mich darüber, dass es endlich soweit ist, ich bin offenbar kein Mensch, dem das Warten sonderlich zusagt. Was glaubst du, passt das zu deinem Bild von mir aus früheren Zeiten?

Ansonsten habe ich auch nicht so viel auf dem Herzen, aber du hast mich ja um ein paar Zeilen gebeten. Ich habe heute Abend noch einmal alle deine Briefe gelesen, und vor zehn Minuten habe ich zugesehen, wie sie sich im Kamin in Ruß und Asche verwandelten. Und jetzt gehe ich voller Zuversicht zu Bett. Wie gesagt, ich melde mich aus A., und vielleicht sehen wir uns dann auf Davids Beerdigung.

Oder findest du es zu riskant für mich, sie zu besuchen, liebe Henny? Aber du warst ja auch auf Erichs.

Auf jeden Fall wünsche ich dir einen angenehmen und anregenden Aufenthalt in München. Ich hoffe wirklich, dass das Wetter dort und in Amsterdam besser ist als hier. Es wäre gar nicht schlecht, bald einen Hauch von Frühling in der Luft zu spüren.

Meint
Deine Agnes

David Goschmann hat einen dunklen Teint, aber seine Augen sind so blau, dass sie alles überstrahlen.

»Was die Frauenrollen angeht, wird nur für die Cordelia vorgesprochen«, sagt er. »Ich melde mich morgen Vormittag bei der Auserwählten. Bis spätestens zwölf.«

Ich nicke.

»Vergiss nicht, dass du, wie alle anderen, mit ungeheurem Wohlwollen meinerseits rechnen kannst.«

»Wie viele andere gibt es denn?«, frage ich.

»Vier. Wer sich ansonsten für Gonerill und Regan interessiert, kommt morgen Abend her.«

»Alles klar«, sage ich.

»Eventuell könnte auch der Narr von einer Frau gespielt werden. Du weißt doch, dass Cordelia über weite Teile des Stückes gar nicht dabei ist?«

»Sicher.«

»Und du hast also die Mascha in den ›Drei Schwestern‹ gespielt?«

Ich gebe zu, dass ich Mascha kreiert habe.

»Hat sie dir gefallen?«

Ich räume ein, dass sie mir sehr gefallen hat. Sie und die Rolle.

»Ich habe ziemlich viel Tschechow gemacht«, sagt David Goschmann. »Würde gern noch mehr machen, aber so viel gibt es ja nicht, und manches muss man sich für das Alter aufheben.«

Er lacht, und seine blauen Augen leuchten. Er kann nicht älter als achtundzwanzig oder dreißig sein.

»Mit wem spiele ich denn eigentlich?«, frage ich und sehe mich um.

Nur Goschmann und ich halten uns im Raum auf.

»Rotten ... wie heißt er doch noch gleich?«

»Rottenbühle?«

»Rottenbühle, ja. Oder wäre dir ein anderer lieber?«

»Nicht doch. Wenn er mir nur erspart bleibt, wenn die Sache ernst wird.«

Er lacht und verspricht, dass nach und nach andere Schauspieler dazukommen werden.

»Möchtest du dich noch einen Moment hinlegen und dich konzentrieren? Rottenbühle scheint sich zu verspäten.«

»Ja, danke.«

»Du siehst gut aus.«

»Danke.«

»Willst du später weitermachen?«

»Mit dem Theater?«

»Ja.«

Ich zucke mit den Schultern. Bereue es sofort, aber ein Schulterzucken kann man ja nicht ungeschehen machen.

»Vielleicht«, sage ich. »Ja, unmöglich ist das nicht.«

»Ich kann dir ein paar Tipps geben«, sagt Goschmann. »Was Schauspielschulen angeht. Wenn du Interesse hast.«

»Ja, danke«, sage ich noch einmal. »Das habe ich wirklich.«

Die Tür geht auf, und Rottenbühle kommt herein. Er scheint erkältet zu sein und niest als Erstes dreimal.

»Verzeihung. Ich bin ein wenig zu spät.«

»Macht doch nichts«, sagt Goschmann lächelnd. »Ich weiß nicht, ob Cordelia sich zuerst noch konzentrieren will oder ob wir gleich anfangen.«

»Von mir aus können wir gleich anfangen«, sage ich.

Ich verstehe, was das Besondere an David Goschmann ist.

Er ist einfach da. Wenn er ein Zimmer betritt, dann öffnet sich ein Kraftfeld. Die Energie wächst geradezu spürbar an. Ich komme mir plötzlich beachtet und intelligent vor. Und wichtig. Ich habe so etwas noch nie erlebt, weiß aber sofort, was hier passiert.

Er sitzt ziemlich weit hinten im Saal. In der siebten oder achten Reihe. Ich spiele also mit dem erkälteten Rottenbühle, aber ich kann es nicht verhindern, dass ich zugleich auch mit Goschmann spiele. Es ist natürlich die Frage derselben Diagonale wie immer, aber zugleich gibt es etwas Neues und Unerprobtes. Es ist ein seltsames Gefühl, ich kann nicht entscheiden, ob es gut oder nicht so gut ist. Ob es meinen Ausdruck stärker oder schwächer macht.

Wir brauchen ungefähr eine halbe Stunde. Gehen beide Szenen zweimal durch. Goschmann gibt keinen Kommentar ab, aber ich weiß, dass er jeden Millimeter meines Körpers und jeden meiner Atemzüge registriert. Als ich das Kellertheater, wo wir uns getroffen haben – wo wir uns immer treffen – verlasse, bin ich erschöpft und fast ist mir schwindlig, wie nach einer großen physischen Anstrengung.

Als hätte ich zwei Stunden Sex hinter mir, was in meinem einundzwanzigjährigen Leben jedoch noch nicht vorgekommen ist.

Ich setze mich im Café Adler an einen Tisch in der Ecke und bestelle ein Steak und ein Bier. Und denke, dass ich zum ersten Mal einem Mann begegnet bin, der mich wirklich interessiert.

Der mir wirklich – entspricht.

Später an diesem Abend – es ist ein windiger Februartag ohne auch nur einen Hauch von Frühling in der Luft – passiert etwas, das ich einfach nur als gutes Omen deuten kann.

Meine kleine Einzimmerwohnung, die ich jetzt seit einem halben Jahr bewohne, liegt ganz oben in einem alten Haus im Geigerstieg. Fünfter Stock ohne Fahrstuhl; es ist nur ein Schlupfloch, aber das schräge Dach und die schiefen Wände haben zweifellos ihren Charme, und in dieser Phase meines Lebens brauche ich natürlich auch nicht mehr Platz.

Auf derselben Etage wie ich wohnt noch ein älteres Ehepaar, Herr und Frau Linkoweis. Sie sind beide Mitte siebzig und ein wenig gebrechlich, er mehr als sie – Frau Linkoweis geht fast jeden Tag mindestens einmal die Treppen hinauf und hinunter. Sie geht zum Marktplatz, sucht aus, was sie an diesem Tag braucht, und lässt es sich dann nach Hause bringen. Ab und zu gehe ich für sie einkaufen, aber das kommt nur selten vor, sie wollen es lieber allein schaffen. Herr Linkoweis, der den ungewöhnlichen Vornamen Sigisbard trägt, kommt höchstens alle drei oder vier Tage aus dem Haus. Bei schlechtem Wetter sieht er keinen Grund dazu, und bei gutem begnügt er sich oft damit, auf dem kleinen Balkon zu sitzen, der auf den Hof schaut und den ich aus dem winzigen Fenster in meiner winzigen Küche sehen kann.

Als ich an diesem Samstag nach Hause komme (nach dem Steak im Adler und zwei ziemlich erfolglosen Arbeitsstunden in der Bibliothek), begegnen mir vor meiner Tür Frau Linkoweis und der Hausmeister, Herr Bloeme. Frau Linkoweis sieht fast ohnmächtig aus, sie ist totenbleich und bewegt immer wieder lautlos die Lippen. Die Tür zu ihrer Wohnung steht offen, Herr Bloeme erklärt mir die Situation. »Herr Linkoweis ist verrückt geworden«, teilt er mit und atmet schwer.

Herr Bloeme raucht jeden Tag fünfzig Zigaretten und besucht die oberen Stockwerke im Haus nur ausnahmsweise.

»Das ist doch nicht Ihr Ernst«, sage ich.

»Ist es wohl«, faucht Bloeme. »Er steht auf dem Balkon und will hinunterspringen.«

Mit einem nikotingelben, zitternden Zeigefinger zeigt er in die Wohnung der Linkoweisens. Frau Linkoweis hört auf, die Lippen zu bewegen, packt meinen Arm und fängt an zu jammern.

»Bitte«, fleht sie. »Bitte.«

Ich schüttele ungläubig den Kopf.

»Er ist schon über das Geländer geklettert«, sagt Bloeme. »Und da steht er nun und hält sich mit einer Hand fest. Wenn wir näher kommen oder Hilfe holen, lässt er los.«

»Woher wissen Sie das?«, frage ich.

»Das hat er gesagt.«

»Wie lange steht er da schon?«

»Zehn Minuten vielleicht«, sagt Bloeme. »Ich bin eben nach oben gekommen. Simone hat mich geholt.«

Ich wusste nicht, dass Frau Linkoweis mit Vornamen Simone heißt. Aber sie nickt bestätigend und bohrt die Fingernägel in meinen Oberarm. Sigisbard und Simone, denke ich.

»Bitte«, sagt sie noch einmal.

»Was haben Sie vor?«, frage ich.

Bloeme tritt von einem Fuß auf den anderen und sucht in seiner Brusttasche nach Zigaretten. Er hat eine Kippe hinter dem Ohr klemmen, aber das scheint ihm nicht bewusst zu sein.

»Ich weiß nicht«, sagt er. »Verdammt, was können wir denn tun? Und warum muss das ausgerechnet heute passieren?«

Simone Linkoweis weint jetzt laut. Ich überlege kurz, was Herr Bloeme mit »ausgerechnet heute« gemeint haben kann. Vielleicht hat er Geburtstag oder so.

»Meinen Sie, er meint es ernst?«, frage ich. »Es wäre doch auch möglich ...«

»Er meint es ernst«, entscheidet Bloeme. »Da bin ich mir sicher. Er ist doch fünfundsiebzig, zum Teufel.«

Ich verstehe nicht, was das Alter mit dem Ernst zu tun haben soll, aber ich mache mir auch nicht die Mühe, mich danach zu erkundigen.

»Soll ich zu ihm gehen?«, schlage ich stattdessen vor. »Meinen Sie …«

Simone Linkoweis starrt mich aus nächster Nähe an, mit einer Miene genau zwischen Hilflosigkeit und verzweifeltem Flehen. Ich befreie mich vorsichtig aus ihrem Griff um meinen Arm.

»Bleiben Sie hier«, sage ich. »Ich seh mal nach.«

»Gehen Sie aber nicht zu dicht ran«, sagt Bloeme. »Dann springt er doch!«

Ich nicke und gehe vorsichtig durch die Tür. Betrete die Diele, aber von hier aus kann ich den Balkon nicht sehen. Ich gehe nach rechts ins Wohnzimmer, das mit Möbeln und Ziergegenständen dermaßen voll gestopft ist, dass man sich fast nicht bewegen kann, und dann sehe ich ihn durch die offene Balkontür.

Er steht wirklich so da, wie Bloeme es beschrieben hat. Das schwarze Geländer ist nur siebzig oder achtzig Zentimeter hoch, und ich begreife, dass es kein Problem ist, darüber hinwegzusteigen, nicht einmal für einen gebrechlichen Menschen wie Sigisbard Linkoweis. Er steht da, schräg von mir und abgewandt, seine ganze Konzentration richtet sich nach unten auf den Hinterhof. Ich weiß, dass der Balkon mindestens zwölf Meter hoch ist, und der Hof ist mit Kopfsteinpflaster belegt. Er wird es nicht überleben, wenn er loslässt.

Und er hält sich mit nur einer Hand an einem querlaufenden Stab fest. Beugt sich außerdem ein wenig vor.

Ich bleibe unschlüssig mitten im Zimmer stehen. Er hat mich noch nicht bemerkt, und ich bin fünf oder sechs Meter von ihm entfernt. Ich versuche rasch, mir ein Bild von der Lage zu machen. Zweifellos könnte ein hastiger Ausfall schicksalhafte Folgen haben – zumal in meiner Angriffslinie noch ein Schaukelstuhl und ein Tisch stehen.

Ich betrachte ihn. Er trägt eine graue Hose und eine dünne bräunliche Jacke. Wenn er wirklich seit zehn Minuten dort draußen steht, dann muss er frieren. Es ist nicht sehr weit über null Grad.

»Ihr habt mich verraten!«, ruft er plötzlich mit lauter Stimme, und mir geht auf, dass er sich an irgendjemanden dort draußen wendet. Ich trete vorsichtig zur Seite und entdecke dann eine Frau auf einem anderen Balkon auf der gegenüberliegenden Hofseite. Ich weiß nicht, wie sie heißt, aber ich kenne sie vom Sehen. Sie hat einen Dackel, der meistens ein grünes Mäntelchen trägt.

»Wenn ihr die Polizei anruft, dann springe ich sofort«, droht Sigisbard Linkoweis. »Und dann werdet ihr alle vernichtet werden! Ich stehe in Verbindung mit dem Fürsten des Weltalls.«

Ich sehe ein, dass Hausmeister Bloeme seinen Zustand einigermaßen richtig beurteilt hat. Ich trete einen Schritt auf ihn zu. Erreiche den Schaukelstuhl.

»Ich hab euch allesamt so verdammt satt«, brüllt Linkoweis. »So verdammt satt. Bald werde ich springen, und ihr werdet dann alle eingehen wie die Fliegen.«

Ich zögere. Eine halbe Minute lang passiert nichts. Herrn Linkoweisens Hand, die das Geländer umklammert, sieht krampfhaft weiß und blutlos aus. Ich entscheide mich für den Versuch, ihm wenigstens ein bisschen näher zu kommen.

»Ich bin verzweifelt! Ich halte es nicht mehr aus, verzweifelt zu sein«, ruft er.

Ich umrunde den Tisch. Jetzt sind es nur noch drei Meter, aber dann stoße ich gegen ein Piedestal, auf dem eine Urne steht. Ich kann die Urne auffangen, das Piedestal aber geht krachend zu Boden.

»Was ist los?«

Er schaut sich um und entdeckt mich.

Nein, vielleicht entdeckt er mich nicht, er trägt nämlich seine Brille nicht. Ich weiß, dass er ziemlich schlecht sieht, das gehört zu den Dingen, die Frau Linkoweis in regelmäßigen Abständen mitteilt.

»Sigisbard sieht so schlecht«, sagt sie dann. »Er kann fast schon nicht mehr lesen, irgendwann wird er blind sein.«

Aber er weiß jetzt, dass jemand im Zimmer steht. »Wer ist da?«, schreit er, seine Stimme ist wirklich überraschend kräftig. »Nicht näher kommen, sonst lass ich los.«

In seiner Stimme liegt auch eine gewisse Angst, die kann ich einfach nicht überhören. Ich stehe wie angenagelt da und weiß nicht, was ich tun soll. Hinter mir ahne ich, dass Frau Linkoweis und Herr Bloeme die Wohnung betreten haben. Ich befeuchte meine Lippen und hole tief Luft.

»Ich bin das doch nur, Sigisbard«, sage ich. »Komm zu mir, dann werde ich versuchen, dich zu trösten.«

Zuerst reagiert er nicht. Er steht ebenso unbeweglich da wie ich, noch immer hält er sich nur mit einer Hand am

Geländer fest. Ich höre von unten Stimmengewirr, vielleicht stehen auf allen Balkonen Menschen, vielleicht sind auch schon unten auf dem Hof die Gaffer zusammengeströmt.

Einige Sekunden vergehen.

»Komm näher, damit ich dich ansehen kann«, sagt er.

Ich mache noch drei Schritte und bleibe in der Türöffnung stehen. Ich könnte jetzt fast die Hand ausstrecken und ihn festhalten, aber das traue ich mich nicht.

»Halt«, sagt er. »Nicht weiter. Ich springe.«

Ich gebe keine Antwort.

»Wer bist du?«, fragt er noch einmal.

»Ich bin das«, sage ich. »Komm zu mir.«

Er zögert noch einen Moment. Ändert dann nach und nach seine Haltung. Wirkt weicher, empfänglicher. Vielleicht hat in seinem ganzen Leben noch niemand diese Worte zu ihm gesagt. Vielleicht hat er sich danach gesehnt. Er holt tief Luft, klettert über das Geländer, und ich schließe ihn in die Arme.

Er ist eiskalt und bricht sofort in heftiges Schluchzen aus.

Nein, es ist schwer, das alles nicht für ein Omen zu halten.

An Herrn
David Goschmann
Hotel Figaro
Prinsengracht 112
Amsterdam

Grothenburg, 12. Februar

Geliebter David,

ich weiß, dass es nicht üblich ist, dass eine Frau ihrem Mann solche Briefe schickt (schon gar nicht heutzutage und wenn sie nur für einige Tage getrennt sind), aber ich muss es einfach tun. Ab und zu hat man eben einen Gedanken oder eine Idee, und man kann sich dann nur davon befreien, indem man diese Idee in die Tat umsetzt.

Ich liebe dich, David. Eigentlich wollte ich nur, dass du das weißt – es ist die banalste von allen banalen Phrasen und trotzdem der innigste und gewichtigste Gedanke, den wir überhaupt haben können.

Ich habe den Eindruck, dass es uns in letzter Zeit nicht mehr gelungen ist, einander die Liebe zu zeigen, die wir uns einmal versprochen haben. Es ist nicht dein Fehler und auch nicht meiner. Weder du noch ich haben daran irgendeine Schuld. Wir wollen uns also keine Vorwürfe machen – aber ist es nicht so, dass der Alltag und die Tyrannei der Routine sich in unser Leben eingefressen haben, David? Ich glaube, dass es so ist, und ich bilde mir nicht eine Sekunde lang ein, dass es noch einen anderen Grund haben könnte.

Aber ich weiß, dass Kreise gebrochen werden müssen, ehe sie sich in einen Teufelskreis verwandeln können, darüber haben wir ja schon oft gesprochen. Es ist so leicht, einander für selbstverständlich zu halten, David, lass uns damit aufhören.

Lass uns einsehen, dass es eine Gnade ist, dass wir miteinander leben und unsere Mädchen zusammen heranwachsen sehen dürfen. Lass uns noch einmal der Liebe den Platz in unserem Leben geben, der ihr mit Fug und Recht zukommt.

Lass uns einander lieben, bis dass der Tod uns scheide, David, wie wir das damals so abgemacht haben.

Ja, es war nur dieses Einfache – und Schwere –, was ich dir in diesem Brief sagen wollte, mein geliebter Mann. Ich wünsche dir einen schönen Aufenthalt in Amsterdam, und ich habe jetzt schon Sehnsucht nach deiner Rückkehr.

Dein für immer,
Henny

Ob die Nacht wirklich traumlos war, weiß ich nicht. Ich kann mich jedenfalls an keinen Traum erinnern, als ich um halb sieben aufwache und das Gefühl habe, überhaupt kein Auge zugemacht zu haben.

Ich gehe mit den Hunden los, einen langen Spaziergang am Fluss entlang zur Manneringer Brücke. Über die Brücke und in den Wald, bis zum Felskegel bei Gandwitz. Die Luft hier oben ist lau, es ist fast windstill, und der Nebel hat sich gelichtet. Ich ruhe mich eine Weile aus, sitze auf einem umgefallenen Baumstamm und schaue hinaus auf die Landschaft, die Hunde sind hin und her gerannt, jetzt liegen sie keuchend zu meinen Füßen.

Meine Landschaft. Natürlich kann ich sie nicht besitzen, aber ich spüre deutlich, dass nichts mich dazu bringen wird, diese Gegend zu verlassen. Hier bin ich zu Hause, ich könnte über Leichen gehen, um hier bleiben zu dürfen, gerade diese Redensart taucht in mir auf, ohne dass ich sie mit einem Gedanken begleiten müsste.

Auf dem Rückweg bricht die Sonne durch, und ich bin schweißnass, als ich unter die Dusche trete. Danach Frühstück und Packen. Ich wickle die Pistole in eine Wollsocke und stecke die Munition in die andere. Lege sie ganz unten in die Reisetasche, ich weiß nicht genau, warum, aber vielleicht ist es ja nur natürlich so. Vielleicht würde auch eine professionelle Mörderin auf diese Weise packen.

Um zehn Uhr bin ich so weit, ich lasse die Hunde ins Auto und fahre zu Barths. Wir wechseln nur einige Worte, diese aber sind freundlich. Sie wünschen mir schöne Tage in Berlin, Herr Barth hat fünf Jahre dort gewohnt, aber die Stadt fehlt ihm nicht, das nun wirklich nicht. Beide haben aus irgendeinem Grund frei an diesem Tag, ihre Töchter sind aber natürlich in der Schule.

»Ich bin am Sonntagabend wieder da«, verspreche ich. »Ich rufe an, wenn ich weiß, wann ungefähr.«

»Wir können sie auch bis Montag behalten«, versichert Frau Barth. »Das ist kein Problem.«

»Oder wir übernehmen sie ganz«, scherzt Herr Barth. »Dann würden unsere Kinder vielleicht anfangen, uns zu lieben.«

»Na ja«, sage ich. »Ich hab ja auch ein gewisses Bedürfnis nach ihnen.«

»Du solltest dir lieber einen Mann zulegen«, sagt Herr Barth, und seine Frau macht eine resignierte Handbewegung. »Was um alles in der Welt soll sie denn mit einem Mann?«

Ich versuche immer, der armen Anne Gerechtigkeit widerfahren zu lassen, wenn ich über die Brontë-Schwestern spreche, und das mache ich auch an diesem Tag.

Ich betone, dass sie nur neunundzwanzig Jahre alt geworden ist – und dass »Agnes Grey« und »The Tenant of Wildfell Hall« im Vergleich zu »Wuthering Heights« und »Jane Eyre« natürlich ihre Schwächen haben, aber bei welchen Romanen ist das nicht der Fall?

Und ihre beiden älteren Schwestern haben sicher auch dafür gesorgt, dass sie in keiner Hinsicht so richtig zum Zug kam.

»Sind die noch erhältlich?«, fragt jemand, und auch in diesem Semester verleihe ich meine Exemplare von Anne Brontës zwei Romanen.

Aber ich merke, dass es mir schwerfällt, mich auf dieses Thema zu konzentrieren – das mir sonst doch so am Herzen liegt –, und ich beende die Vorleseung zwanzig Minuten zu früh. Schiebe alles auf einen Termin in Berlin; die Studierenden haben natürlich nichts dagegen, ein wenig früher aufhören zu dürfen.

Ich lasse meine Aktentasche im Arbeitszimmer stehen. Wenn ich mich auf den Unterricht am Montag überhaupt vorbereiten muss, kann ich ja zwei Stunden früher herkommen.

Es ist erst halb drei, als ich vom Parkplatz fahre und den Universitätsbereich verlasse. Nach nur fünf Minuten Fahrt überkommt mich eine Zwangsvorstellung. Ich halte auf einem Parkplatz bei der Auffahrt zur Autobahn, um mich davon zu überzeugen, dass meine Reisetasche noch im Kofferraum liegt.

Das tut sie.

Ich würde gern nachsehen, ob auch Waffe und Munition wirklich vorhanden sind, aber das geht nicht. Nicht auf einem Parkplatz bei helllichtem Tage.

Ruhe, Agnes, denke ich, als ich wieder hinter dem Lenkrad sitze. Du musst jetzt ganz ruhig bleiben.

Aber ich merke, dass mein Puls und mein Atem schneller gehen als normal. Ich will mir einreden, dass das nichts mit Nervosität zu tun hat. Sondern dass darin eher dieses erhöhte Lebensgefühl zum Ausdruck kommt, das ich für Henny beschrieben habe.

Ich habe gewisse Probleme damit, das Hotel zu finden, obwohl ich auf dem Stadtplan nachsehe, ehe ich in die Innenstadt fahre.

Zwei Einbahnstraßen sorgen dafür, dass ich mich verirre, außerdem hat der abendliche Stoßverkehr eingesetzt und es gießt, aber am Ende lande ich doch in der richtigen Straße. Ich halte vor dem nicht sonderlich auffälligen Eingang, gehe hinein und lasse mir an der Rezeption den Weg in die Garage erklären.

Checke ein, bezahle gleich in bar, ohne einen Ausweis vorzeigen zu müssen, und gehe dann auf mein Zimmer. Packe meine Tasche aus, schiebe die Waffe zwischen die zusätzlichen Decken im Schrank und lasse Badewasser einlaufen.

Liege eine halbe Stunde im Schaum, der nach Limonen und frischgemähtem Gras duftet, und entspanne mich. Trinke die kleine Flasche Rotwein aus der Minibar und rauche eine Zigarette. Es kommt mir nicht ganz so schändlich vor, wie es mir vorkommen sollte, ich überlege mir, dass alles sehr gut zu den Vorzeichen dieser Reise passt. Noch einmal vergleiche ich mich mit einem professionellen Mörder. Vielleicht würde so ein Mörder (oder eine Mörderin) sich auch auf diese Weise vorbereiten. Warum nicht?

Ich esse im Hotel, dann gehe ich nach draußen. Es regnet nicht mehr, aber es weht ein scharfer Wind. Ich mache mich mit der Gegend vertraut und finde den kürzesten Weg zum Tatort. Es handelt sich um eine Strecke von höchstens drei- oder vierhundert Metern. Einen Spaziergang auf kaum beleuchteten Straßen, mit dunklen Autos, zwei spärlich besuchten Bars. Ich gehe langsam am Hotel vorbei, es ist größer, als ich es mir vorgestellt habe, es scheint eine richtige Lobby zu geben, was natürlich von Vorteil wäre. Sicher wird es kein Problem sein, unbemerkt hineinzugelangen. Ich darf auf dem Weg zum Zimmer nicht aufgehalten werden.

Ich werde ja außerdem verkleidet sein. Nicht sehr, aber doch ausreichend. Eine blonde Perücke, eine getönte Brille. Niemand wird mich jemals mit diesem Mord in Verbindung bringen, warum also sollte ich übertreiben?

Ich kehre in mein eigenes Hotel zurück. Sehe im Fernsehen einen ziemlich miesen französischen Film und lese ein paar Seiten in einem neuen Buch über Lou Andreas-Salomé.

Lösche gegen halb eins das Licht und versuche mir vorzustellen, wie meine Lage in genau vierundzwanzig Stunden aussehen wird.

Am nächsten Tag wache ich schon um halb sieben auf und weiß nicht, ob ich etwas geträumt habe, aber sofort taucht in meinem Bewusstsein mein Erlebnis vom Vortag mit Herrn Linkoweis auf, deshalb war er vielleicht auch während der Nacht bei mir.

Ich bleibe noch eine Weile liegen und denke an ihn. Und daran, was noch passiert ist, nachdem ich ihn vom Balkon geholt hatte. Gegen seinen Willen wurde er ins Krankenhaus gebracht, er weinte wie ein Kind und bettelte, zu Hause bleiben zu dürfen, aber seine Frau und seine Schwester – eine große, bucklige Frau mit verbitterten Zügen, die fast unmittelbar nach Ende des Dramas auf dem Schauplatz erschien – ließen sich nicht erweichen. Herr Linkoweis klammerte sich an mich, als die Sanitäter kamen, um ihn ins Krankenhaus zu bringen, aber das wurde nur als Beweis dafür gedeutet, dass er verrückt ist und Behandlung braucht.

»Ich bin verzweifelt«, rief er so laut, dass es im Treppenhaus widerhallte. »Begreift ihr nicht, dass ich verzweifelt bin!«

Ich litt mit ihm. Aber seine Frau und seine Schwester fuhren mit ihm im Krankenwagen, und vielleicht war es ja doch die beste Lösung. Jedenfalls kann ich mir keine vernünftigere vorstellen.

Ich stehe auf und koche Kaffee. Als ich gefrühstückt, die Zeitung gelesen und geduscht habe, ist es halb neun. Ich setze mich hin und warte auf David Goschmanns Anruf.

Um zehn hat er immer noch nicht angerufen, um elf auch nicht.

Ich kann einfach nichts tun. Kann mich nicht aufs Lesen konzentrieren, fange an, in meinem engen Spülbecken einen Pullover zu waschen, höre aber auf und lasse das Teil nass und schmutzig über einen Stuhlrücken hängen. Versuche, das Kreuzworträtsel in der Zeitung zu lösen, aber ich irre mich dabei dauernd. Ich müsste auf die Toilette, aber die Telefonleitung ist so kurz, dass ich von dort aus nicht rangehen könnte. Ich reiße mich zusammen.

Zwölf Uhr. Ich weiß, dass er »spätestens zwölf« gesagt hat. Als es zwei Minuten nach halb ist, setze ich mich hin und starre das Telefon an. Überlege mir die Sache anders, lege mich aufs Bett. Mache die Augen zu und zähle meine Pulsschläge.

Denke, dass der Tod neben mir im Bett liegt, ich weiß nicht, woher diese Vorstellung kommt.

Jetzt ist es Viertel vor. Ich trinke den letzten Schluck Kaffee, und mir wird schlecht. Ein Telefon klingelt nie, wenn man versucht, das Gespräch herbeizuzaubern, das ist eine gute alte Wahrheit. Ich muss versuchen, an etwas anderes zu denken. Ich starre aus dem Fenster und frage mich, ob Herr Linkoweis wohl wieder zu Hause ist. Oder ob zumindest eine Diagnose gestellt werden konnte.

Zehn vor. Nichts passiert. Rein gar nichts.

Fünf vor.

Um zwei Minuten vor zwölf klingelt es. Ich hole tief Luft, lege die Hand auf den Hörer und warte noch ein Klingeln ab. Will nicht zu eifrig wirken.

Melde mich.

Es ist mein Vater. Er berichtet, dass er keine Hoden mehr hat, dass er aber trotzdem ein normales Leben führen kann.

Ich lege auf. Die Uhr der Stefanskirche schlägt zwölf.

Ich komme eine Viertelstunde zu spät ins Kellertheater. Die anderen sind schon da. David Goschmann sitzt in schwarzem Polohemd und schwarzer Cordhose auf dem Bühnenrand und lässt die Beine baumeln; er unterbricht sich, als ich die Tür ganz hinten im Saal öffne.

Rottenbühle dreht sich um und hüstelt in seine Hand. Seine Erkältung scheint nicht besser geworden zu sein. In der ersten Reihe sitzen sie zu fünft. Ursula und Renate, meine Schwestern aus dem Tschechow-Stück. Rottenbühle. Dazu eine neue Frau aus unserer Truppe, die Mathilde heißt und deren Karrierechancen zusammen mit der Stummfilmzeit zu Ende gegangen sind, denn sie lispelt.

Ich gehe langsam auf der linken Seite nach unten. Lächle Goschmann zu und setze mich neben Renate.

»Willkommen«, sagt Goschmann. »Wir sprechen über Gonerill und Regan und über die Notwendigkeit, die beiden zu differenzieren. Zwei mehr oder minder identische Charaktere wirken auf der Bühne weder dynamisch noch glaubwürdig. Sie saugen einander die Luft aus …«

»Ich verstehe«, sage ich.

Goschmann räuspert sich und redet weiter. Den ganzen Nachmittag lang hatte ich einen Knoten in der Brust, jetzt meldet er sich zu Wort. Bewegt sich nach oben und zur Seite. Ich schlucke und schlucke. Warum sitzen Ursula und Renate hier, frage ich mich. Welche ist es denn nun?

»Verzeihung«, sage ich.

Goschmann unterbricht sich wieder. Stützt das Kinn in die Hand und mustert mich. Heute laufen die Blauen über.

»Ist die Rolle der Cordelia vergeben?«

Er nickt. Rottenbühle hustet nervös und erhebt sich halbwegs von seinem Platz ganz rechts.

»Und?«

Goschmann lässt die Hand sinken.

»Ihr wart alle sehr überzeugend.«

Ich warte. Der Knoten windet sich.

»Wie ich schon anfangs gesagt habe … euch allen wurde großes Wohlwollen entgegengebracht. Aber leider sind die Bedingungen eben so.«

»Wer?«, frage ich.

»Am Ende haben wir uns … ich meine, ich habe mich für eine Frau entschieden, die gar nicht zum Ensemble gehört. Bisher, meine ich. Sie heißt Henny. Henny Delgado, ich weiß nicht, ob …«

Ich falte die Hände und presse sie auf meinen Bauch. Kann nichts gegen den gewaltigen Brechreiz tun, der in mir hochjagt.

Alles, was ich an diesem Tag gegessen habe, bricht aus mir heraus.

Alles, was ich in meinem ganzen Leben je gegessen habe, so kommt es mir vor.

Rottenbühle geleitet mich nach draußen und setzt mich in ein Taxi.

An Herrn
David Goschmann
Hotel Figaro
Prinsengracht 112
Amsterdam

Gobsheim, 12. Februar

Geliebter David,

danke für neulich und für deinen Brief.

Nein, ich habe es überhaupt nicht eilig, wie kommst du nur auf diese Idee? Eine Witwe muss doch mindestens ein Jahr warten, ich dachte, wir hätten uns geeinigt, uns an gewisse Konventionen zu halten.

So ist es mir auch lieber, David, glaub mir. Was dein sonstiges Leben und deine Frau angeht, das interessiert mich nicht und hat mich nie interessiert.

Aber ich liebe dich und will dich. Einen Teil von dir. Zwei Tage jeden Monat. Vielleicht irgendwann auch mehr. Leider habe ich keine Möglichkeit, nach Amsterdam zu kommen, aber betrachte das bitte nicht als Distanzierung von dir. Ich musste einfach diese Reise nach Berlin unternehmen, ihr Männer seid aber auch immer so empfindlich.

Du schreibst, dass du bereit wärst, dich von ihr scheiden zu lassen, wenn ich das verlangte. Ich weiß nicht, wie ehrlich du bist, und vielleicht werde ich es ja wirklich eines Tages fordern. Vielleicht wird mein Bedürfnis wachsen, wie gesagt. Aber nicht jetzt, David, lass uns einander weiterhin sparsam genießen, wie bisher in all den Jahren. Ein Wein wird nicht besser, wenn man fünf Gläser trinkt statt zwei. Oder?

Und natürlich komme ich im März nach Straßburg, das verspreche ich dir. Ob ich wirklich die ganzen vier Tage bleiben kann, werden wir sehen, aber ich werde mir alle Mühe geben, meine Vorlesungen und Seminare umzulegen.

Ich freue mich auch, dass dir mein Haus gefällt, aber alles andere wäre ja auch eine Schande. Es war so schön, dich hierzuhaben, und du weißt, dass du immer willkommen bist, wenn dir die Lust dazu kommt. Sag mir nur ein paar Stunden vorher Bescheid, damit ich etwas zu essen besorgen und einen guten Wein öffnen kann.

Es freut mich auch, dass ich hier wohnen bleiben kann, durch unerwartete Umstände hat meine finanzielle Situation sich gebessert, im Moment sieht also alles licht aus. Du hast eben Recht, wenn du immer wieder sagst, man solle niemals die Hoffnung aufgeben.

Aber ich habe wirklich ein wenig Sehnsucht nach dir, das muss ich zugeben. Ich finde es wunderbar, mich mit dir hart und brutal zu lieben und dann mit dir an meinem Rücken einzuschlafen.

Nächste Woche, vielleicht?

Ein Abend und ein Morgen, wenn du kannst?

In Liebe,
Deine Agnes

Der Freitag bringt einen unerwartet hohen Himmel über München. Ich mache morgens einen langen Spaziergang durch den Englischen Garten und ertappe mich dabei, dass die Hunde mir fehlen. Hunde sind für Parks wie geschaffen, möglicherweise ist aber auch das Gegenteil der Fall.

Ich weiß noch nicht genau, wie – und nicht genau, wann – ich Henny umbringen werde. Ich weiß nicht einmal mit Sicherheit, ob es heute geschehen wird, aber ich glaube schon. Ich habe einen Plan – oder eher mehrere Pläne, eine Sammlung von Handlungsmöglichkeiten, und wenn eine nicht klappt, dann wohl die zweite oder dritte. Ich kann nicht anders vorgehen, ich muss zu dieser offenen Methode greifen – und dann eben Moment und Zufall nutzen –, aber das macht mir keine Sorgen. Im Gegenteil, das Leben an sich hat doch auch diese Struktur, ist ein Fandango zwischen Zufall und Ordnung, und wer nicht tanzen kann, darf auch nicht begehren, das Leben voll ausleben zu können.

Ich kann tanzen. Das konnte ich schon immer.

Auf dem Rückweg ins Hotel gehe ich in eine Telefonzelle. Rufe im Hotel Regina an, erzähle, dass wir einen Blumenstrauß für Henny Delgado schicken werden, und erkundige mich nach ihrer Zimmernummer.

»Frau Delgado ist noch nicht eingetroffen, wie ich nun erfahre. Aber sie wird auf Nummer 419 wohnen.«

Ich bedanke mich und lege auf. So einfach geht das, denke ich. So unbeschreiblich einfach.

Niemand hegte nach Erichs Tod einen Verdacht gegen mich, niemand wird mich nach Hennys verdächtigen. So ist das. Ich verlasse die Telefonzelle und schaue auf die Uhr. Es ist zwanzig nach elf. Ich kann jetzt nur noch warten. Ich kehre in mein Zimmer im Hotel Alter Wirt zurück, bin aber zu unruhig und gehe wieder nach draußen.

Ich verbringe zwei Stunden in der Stadt. Wandere durch Tal und Kaufingerstraße zum Karlstor. Besuche das Haus der Kunst, habe es aber bald satt. Esse im Ehrengut zu Mittag. Das Wetter hält sich den ganzen Nachmittag hindurch, es weht ein lauer Südwestwind. Es sind ziemlich viele Menschen unterwegs, aber als ich mit einer Tasse Kaffee im Johanniscafé sitze, nehme ich noch etwas anderes wahr. Zuerst kann ich nicht erkennen, worum es sich handelt, aber dann begreife ich so nach und nach, dass es eine Art Anwesenheit ist.

Ja, *Anwesenheit.*

Vielleicht eine Art Beobachter, es ist ein sehr starker und zugleich überaus vager Eindruck. Ich schaue mich vorsichtig in dem überfüllten Lokal um, um festzustellen, woher dieses Gefühl rühren mag. Ob es hier einen Menschen gibt, der mich auf irgendeine Weise mustert.

Warum?, frage ich mich. Warum sollte irgendwer mich beobachten?

Ein Mann, der es auf eine Frau abgesehen hat? Ja, das ist natürlich eine Möglichkeit, aber als ich mich dann ein weiteres Mal umsehe, kann ich keinen Kandidaten für eine solche Rolle entdecken.

Ich bezahle und verlasse das Café. Trete hinaus auf die Maximilianstraße und kaufe mir in einem Tabakgeschäft Zigaretten. Gehe weiter in Richtung Theatinerkirche und Hofgarten, kann mich aber von diesem Gefühl nicht ganz befreien.

Eine Zwangsvorstellung, denke ich. Manche Einbildungen beißen sich einfach fest. Und war es übrigens nicht schon heute Morgen im Englischen Garten so?

Ich winke einem Taxi und lasse mich ins Hotel zurückbringen.

Um sechs Uhr stehe ich wieder in einer Telefonzelle und rufe im Hotel Regina an. Bitte, zu Frau Delgado auf Zimmer Nummer 419 durchgestellt zu werden. Die Frau an der Rezeption sagt: »Einen Moment bitte«, und als ich Hennys überraschtes und leicht besorgtes »Hallo?« höre, lege ich auf.

Sie ist da. Ich gehe zurück in den Alten Wirt. Lade meine Waffe und lege sie in meine Schultertasche. Ziehe die Kleider an, die ich mir ausgesucht habe, einen hellen Mantel, den ich seit Jahren nicht mehr getragen habe, und eine schwarze Hose. Ich setze meine blonde Pagenperücke und meine Brille auf. Nur zur Probe natürlich, ich betrachte mich im Badezimmerspiegel und sehe, dass ich eine andere bin. Ich verstaue auch diese Utensilien in meiner Tasche und mache mich auf den Weg.

Marienstraße und Hochbrücknerstraße. Die Lokale sind leer. Die parkenden Autos sind leer. Nieselregen hängt in der Luft. Ich biege nach rechts in die Hildegardstraße ein, dann bin ich am Ziel. Setze in einem Torweg Haare und Brille auf und kann mich noch in einem Schaufenster spiegeln, ehe ich das Hotel betrete. Das Foyer ist groß und pompös. Marmor, dunkle Eiche und schwere Ledersessel. Die Rezeption liegt schräg nach links, die Fahrstühle rechts. Noch weiter rechts gibt es Bar und Restaurant. Ich überlege kurz, gehe dann in die Bar und bitte um einen Gin Tonic.

Es ist früher Abend, und auch hier ist es ziemlich menschenleer. Nur zwei Herren und eine einsame Frau um die sechzig. Die Frau sieht frisch geschminkt und tragisch aus, sie scheint auf irgendwen zu warten. Aus dem Restaurant sind Gespräche und das Lachen einer größeren Gesellschaft zu hören. Sie stammen aus den USA, wenn ich es richtig beurteile.

Ich leere mein Glas, rauche eine Zigarette und blättere in der Süddeutschen Zeitung. Spiele mit dem Gedanken, schon jetzt anzurufen, überlege es mir aber anders. Besser, ich schiebe es noch ein wenig auf.

Ich verlasse die Bar und gehe zu den Aufzügen hinüber. Den Mantel über dem Arm. Ich drücke auf den Fahrstuhlknopf und fahre allein in den vierten Stock. Zimmer 401-420.

401-410 links. 411-420 rechts. Ein Eiswürfelautomat. Ein Schuhputzgerät.

Ich folge dem Korridor nach rechts, nach 415 biegt er nach links ab. 419 liegt ganz weit hinten, gegenüber dem Notausgang. Ich öffne die Tür zur Treppe und gehe einen halben Stock nach unten. Bleibe dort so stehen, dass ich weder von oben noch von unten entdeckt werden kann. Durch ein schmales Fenster sehe ich ein kleines Stück Himmel. Perfekt, denke ich.

Ich rücke Perücke und Brille zurecht und merke, dass ich ein wenig zittere. Vergewissere mich, dass meine Pistole schussbereit ist, ziehe mein Telefon aus der Tasche. Präge mir ein, dass ich Hennys Telefon an mich nehmen muss, wenn alles vorbei ist. Damit die Polizei nicht im Verzeichnis ihrer Gespräche meine Nummer findet.

Ich würde gern noch einmal beim Hotel anrufen, aber das wage ich nicht. Vielleicht würde meine Nummer ja auch dort gespeichert werden. Ich zünde mir noch eine Zigarette an, rauche sie auf dem Treppenabsatz und gebe dann Hennys Handynummer ein.

Sie meldet sich nicht, so hatten wir das ja abgemacht. Dann wird der Anrufbeantworter eingeschaltet. Ich warte den Signalton ab.

»Guten Tag, George«, sage ich, »hier ist Tante Beatrice. Ich wollte nur sagen, dass die schwarzen Stockrosen bestellt und bezahlt sind und am Dienstag geliefert werden. Du brauchst mich nicht anzurufen, das kostet nur unnötig Geld.«

Ich schalte das Telefon aus. Stecke es in die Schultertasche und nehme meine Waffe heraus. Kehre wieder in den leeren, stummen Korridor zurück. Bleibe vor 419 stehen und konzentriere mich.

Klopfe zweimal.

»Ja?«

Ihre Stimme kommt ganz aus der Nähe. Also steht sie dicht hinter der Tür. Ich wage nicht, auf die Klinke zu drücken, sie hat gerade erfahren, dass ihr Mann tot ist, und vermutlich hat sie abgeschlossen.

»Zimmerpersonal«, sage ich und versuche, meine Stimme heller klingen zu lassen als sonst. »Ich bringe saubere Handtücher.«

Zwei Sekunden, dann öffnet sie die Tür.

Ich bin sofort im Zimmer. Henny weicht zurück. Sieht verängstigt aus. Ich ziehe die Tür hinter mir zu. Und ziele mit der Waffe auf sie.

Sie lässt sich aufs Bett sinken.

»Das ist ein Irrtum«, sagt sie.

»Nein.«

»Sie haben sich im Zimmer geirrt.«

»Nein, ich habe mich nicht geirrt.«

Es ist klar, dass sie mich nicht erkennt.

»Wollen Sie mein Geld? Ich habe nicht viel, aber es ist nur, weil ...«

Ich mache zwei Schritte auf sie zu. Ziele jetzt auf ihren Kopf.

»Wer sind Sie? Sie sind doch nicht ... Herrgott!«

Ich merke, dass ich lache. Ich kann es nicht unterdrücken. Ich muss mir wirklich alle Mühe geben, um nicht laut loszuprusten, das Lachen steigt einfach in mir auf, fast wie ein Orgasmus. Aber plötzlich ahne ich hinter mir eine Bewegung, und ich will mich gerade umdrehen, als jemand …

Mein Kopf dröhnt und blitzt.

Ich komme zu mir und sitze in einem Sessel. Das Atmen fällt mir schwer, mein Mund ist mit einem großen Pflaster verklebt. Ich will es wegreißen, aber in diesem Moment packt eine kräftige Hand meinen Nacken, und mir ist klar, dass das Pflaster kleben bleiben muss.

Deshalb packe ich die Armlehne. Meine Perücke liegt auf dem Bett, zusammen mit meiner dunklen Brille. Henny sitzt mir im zweiten Sessel dieses Zimmers gegenüber, sie zielt mit einer Pistole auf mich. Es ist nicht meine, aber auch sie hat eine schalldämpfende Ausbuchtung über dem Lauf.

Schräg hinter mir, an der Wand, steht ein Mann. Der Mann, der meinen Nacken gepackt hatte. Ich ahne, dass auch er eine Art Waffe in der Hand hat, aber ich mache mir nicht die Mühe, hinzuschauen. Ich habe einfach nur meine Hände und grauenhafte Kopfschmerzen. Sie pulsieren und pochen in den Stirnlappen wie schwarze Explosionen.

Zwischen Henny und mir steht ein niedriger Tisch. Auf

dem Tisch liegt ein Briefumschlag. Auf dem Umschlag steht mein Name. Nur mein Vorname, Agnes, doppelt unterstrichen.

Ich schaue auf und sehe Henny an. Ihre Lippen verziehen sich zu einer Art unterdrücktem Lächeln. Ihre Augen glänzen schwach und triumphierend. Vielleicht hat sie auch ein wenig Alkohol getrunken. Es dauert sicher zehn Sekunden, bis sie etwas sagt. Aber als sie dann spricht, wird sie zum Ausgleich umso deutlicher.

Du Ärgstes unter allen Dingen, lies deine eigne Schande. Es nützt nichts, es zu zerreißen, Lady, ich merke, Ihr kennt es.

Kurze Pause. Ich erkenne ihre Stimme nicht wieder. Ihr rechter Mundwinkel zuckt ein wenig.

»Ich habe nicht vor, dir irgendetwas zu erklären, Agnes«, sagt sie. »Und ich kann es nicht ertragen, auch nur ein Wort von dir zu hören. Nicht ... ein ... einziges ... Wort! Bitte sehr, lies.«

Sie zeigt mit der Pistole auf den Briefumschlag. Ich hebe ihn auf und ziehe mehrere gefaltete Bögen heraus. Das gleiche Briefpapier wie sonst, dieselbe vertraute Handschrift. Der Mann hinter mir räuspert sich und tritt von einem Fuß auf den anderen.

»Lies«, sagt Henny noch einmal. »Wenn du nicht anfängst zu lesen, erschieße ich dich sofort!«

Ich nicke, aber gerade, als ich meinen Blick auf das Papier richten will, nehme ich plötzlich diese Anwesenheit wieder wahr – sie spült über mich hinweg wie ein kalter

Regen –, die Anwesenheit der großen Angst, die mich vor einigen Tagen in Wurms wie eine Warnung überkommen hat. Die Anwesenheit, die ich auch heute Nachmittag gespürt habe.

Jetzt weiß ich, dass es nicht nur Einbildung war. Ich weiß, ich hätte sie ernst nehmen und versuchen müssen, ihr auf den Grund zu gehen.

Jetzt habe ich alles verstanden. Zwischen den blitzenden Explosionen in meinem Kopf verstehe ich alles.

Was mir aber nicht hilft. Ich senke meinen Blick und fange an zu lesen.

Liebe Agnes!

Du bist mir ja dermaßen zuwider! Ich hätte nicht gedacht, dass man einen anderen Menschen so sehr hassen kann, wie ich dich hasse. Aber so ist es eben.

Deshalb habe ich auch dieses Melodram inszeniert, statt dich einfach aufzusuchen und wie einen Hund abzuknallen. Ich musste dir einfach von Angesicht zu Angesicht gegenübersitzen und dir die Wahrheit über dich und den Grund, aus dem du sterben musst, mitteilen.

So, wie wir jetzt hier sitzen, Agnes.

Nein, schau nicht hoch, lies weiter, und wenn du beim Ende angekommen bist und ich weiß, dass du verstanden hast, werde ich dich erschießen.

Hast du wirklich gedacht, ich wüsste es nicht? Hast du mich für so naiv gehalten, dass ich nicht festgestellt habe, wer die Geliebte meines Mannes ist? Und hast du geglaubt, ich würde in einer solchen Situation die Schuld bei David suchen?

Du hast mich verkannt, Agnes. Immer hast du mich verkannt und unterschätzt. Warum hast du dich nie über das Gute freuen können, Agnes? Immer war es so, dass der Misserfolg der anderen dich mehr befriedigt hat als dein eigener Erfolg. Immer waren deine Hausgötter List und Berechnung, Gemeinheit und Raffinesse.

Warum hast du es nicht ertragen können, dass deine Mutter etwas mit Zahnarzt Martens hatte? Warum hast du mir die Cordelia nicht gegönnt? Oder Tristram Singh, kannst du dich an den noch erinnern?

Oder David? Ich weiß nicht genau, in welchem Netz du ihn gefangen hast, aber ich bin davon überzeugt, dass du mit der größten Verschlagenheit ans Werk gegangen bist.

Wie immer, Agnes.

Aber es ist nun einmal so, dass ich David nicht loslassen will. Die Mädchen brauchen ihren Vater ebenso sehr wie ihre Mutter, und ich habe nicht nur meinem Mann Treue geschworen.

Ich habe auch mir selbst und meinem Gott geschworen, dafür zu sorgen, dass unser Bund von Dauer ist. Bis dass der Tod uns scheidet, diese Verantwortung übernehme ich. Ich bin ein Mensch, der an feste Werte glaubt, ich glaube, du kannst dich daran erinnern, dass das schon so war, als wir noch jung waren.

Und ich habe gewusst, dass ich dich hierher locken könnte, Agnes, von Anfang an habe ich es gewusst. Mein Bruder Benjamin – du kannst dich sicher noch an ihn erinnern, er steht jetzt hinter dir – hatte da schon eher Zweifel. Er war von Anfang an mein Vertrauter, wir lieben einander, wie sich das für Bruder und Schwester gehört, und er war immer für mich da.

Du hast ihn niemals leiden können, er und ich wissen beide noch, wie gemein du manchmal zu ihm warst, obwohl er so klein und wehrlos war. Er war hier in München dein Schatten – und auch schon einige Male früher – und wenn ich dich erschossen habe, wird er später am Abend deinen Leichnam über die Hintertreppe aus dem Haus schaffen (ja, inzwischen ist er groß und stark) und ihn in die Isar werfen. Du wirst ausreichend Gewichte an dir haben, und da oder dort, auf dem schlammigen Flussboden, wird dein sterblicher Teil seine Tage beenden. Und darüber, wohin deine Seele gehen wird, können wir ja wohl kaum noch Zweifel haben.

Du wirst niemals gefunden werden, Agnes. Du wirst vermisst gemeldet werden. Ich weiß nicht, welches Reiseziel du den Barths genannt hast, aber ich bin sicher, dass es nicht Amsterdam oder München waren. Auch um dein Auto wird Benjamin sich kümmern und dafür sorgen, dass es verschwindet.

Du wirst einfach ausgelöscht sein, Agnes. Ausgelöscht!

Wie du verstehst, genieße ich diese Situation. Während du hier dein Todesurteil liest, empfinde ich eine heiße und wilde Freude. Es hat mich einiges gekostet, dieses Arrangement hier in die Wege zu leiten, das weißt du, Agnes, aber ich habe meine Sache gut gemacht, und es war jeden Euro wert. Vielleicht gibt es keine vollständigere Befriedigung als eben diese – durch den eigenen Verstand und von eigener Hand einen Menschen zu bestrafen, der so viel Unheil angerichtet hat. Einen Menschen zu töten, den man verabscheut und der versucht hat, einem selber das Leben zu ruinieren.

Sich zu rächen.

Du wolltest mich umbringen, ich habe gewusst, dass du dieser Versuchung nicht widerstehen könntest, und jetzt bist du in deine eigene Falle getappt.

So gehört sich das, bestimmt musst du zugeben, dass dir nur recht geschieht.

Du näherst dich jetzt dem Ende meines letzten Briefes, liebe Agnes. Es bleibt nicht mehr viel, du solltest einfach nur die Zeilen durchgehen, Wort für Wort lesen, und wenn du das letzte Wort erreicht hast, wirst du den Blick heben, und ich werde dich durch zwei oder drei Schüsse in den Kopf töten.

Oder vielleicht schieße ich dir in die Brust, ich gönne dir vor deinem Tod durchaus noch ein wenig Schmerz.

Ja, jetzt schaust du auf, und du siehst, dass ich einen Schalldämpfer auf meiner Waffe habe, genau wie du das hattest, Agnes.

Warum hast du behauptet, dass deine Pistole so laut sein würde? Hätte es zu unwahrscheinlich gewirkt, dass du eine Waffe mit Schalldämpfer besitzen oder besorgen könntest? Ich weiß es nicht, Agnes, aber ich weiß, dass deine Blicke jetzt umherirren, nein, versuch nicht schon jetzt, Blickkontakt zu mir aufzunehmen, dir bleibt noch eine Seite, du weißt noch nicht, wie viel darauf steht, aber bald wirst du es sehen, und wenn du beim letzten Wort auf der letzten Seite angekommen bist, dann wirst du sterben.

Nein, versuch nicht, zurückzugehen und alles noch einmal zu lesen, ich weiß, dass du verstanden hast, sehr gut verstanden.

So, jetzt sind nur noch diese armseligen Zeilen übrig, es ist schon seltsam, wie man bei jedem Wort herumtrödeln kann,
wie man sich sozusagen an jeden
kleinen Buchstaben klammern kann
nur um am
Leben zu bleiben.
Dass eine kurze Sekunde
so viel bedeuten kann, Agnes, aber jetzt sehe ich,
du bist am Ende.
Bald musst du aufschauen. Agnes.
Kannst deinen Blick nicht an jedem Wort
kleben lassen.
Das hier ist die letzte Seite,
das hier ist
der letzte Augenblick
in deinem Leben.
Schau jetzt auf, Agnes.
Schau mich an.
Jetzt.